JN179826

恋する救命救急医

キングの失態

春原いずみ

white heart

講談社X文庫

目次

聖生会中央病院付属
救命救急センター・
副センター長

神城　尊
Takeru Kamishiro

英成《えいせい》学院OBで当時のあだ名は『キング』。現在は『ドクターヘリのエース』と呼ばれている。

神城と一緒に救命救急
センターへ異動して
きたフライトナース

筧　深春
Miharu Kakei

看護学部時代にヘリに搭乗する神城の姿に憧れ、フライトナースの資格を取った。

救命救急センターの
若手ドクター

宮津　晶
Akira Miyatsu

実力不足と自覚しているが『控えめだが優秀』と篠川に評価されている。

カフェ&バー
『le・cocon《ル・ココン》』の
マスター

藤枝脩一
Shuichi Fujieda

晶の恋人。元は医者だったが挫折し、英成学院の先輩である賀来に店を任されている。

恋する救命救急医 ✚ 人物紹介

高級レストランを
複数経営する
辣腕オーナー

聖生会中央病院付属
救命救急センター・
センター長

賀来玲二
Reiji Kaku

篠川の恋人兼同居人。英成学院中等部から篠川と同級生。コーギー犬「イヴ」と「スリ」の飼い主。

篠川　臣
Omi Sasagawa

英成学院OBで当時のあだ名は『クイーン』。常に冷静で、上司にも部下にも容赦がない。

イヴ&スリ

賀来の愛犬。あだ名は「お嬢様」と「お姫様」。

森住英輔
Eisuke Morizumi

聖生会中央病院の整形外科医。晶の同期で大学時代からの友人。

イラストレーション／緒田涼歌

恋する救命救急医　キングの失態

ACT 1.

「嫌だって言ったって、仕方ないだろ」

筧深春《かけいみはる》は、地面にべったりと伏せ、上目遣いに見上げてくる犬たちにため息混じりに言った。犬たちは全部で三匹。みな柴犬《しばいぬ》だが、白柴、黒柴、赤柴と色が違う。

「ほら、時間がないんだから、さっさと起きて」

みな身体《からだ》はそれほど大きくない柴犬たちだが、三匹となると、簡単に引きずっていくわけにもいかない。

「いい子だから、起きて。また夜に散歩に連れていってやるからっ」

筧が日勤の日には恒例の朝の散歩である。犬たちは仲良しなので、三匹一緒に散歩できるのはありがたいのだが、仲がよすぎて、こいつらはエンドレスに散歩したがる。

「ほらっ」

「何、家の前で騒いでるんだよ……」

からりと格子戸が開き、目が開いてるんだか閉じてるんだかわからない状態で顔を出したのは、これ以上ないくらい眼鏡が似合うインテリっぽいハンサム面だった。

「うるせえな……」

「あー、いいところに」

筧は、よいしょと白柴の華《はな》を抱え上げた。

「はい」

「はい？」

華をハンサムに渡し、筧は続けて、黒柴の凜《りん》を抱え上げた。

「はい、こっちも」

「あ、ああ……」

両手に犬を抱えさせられて、ハンサムな同居人……神城尊《かみしろたける》がきょとんとしている。

「何だ、これ」

「はい、家ん中入れちゃってください」

筧はもう一匹残った赤柴の鈴《すず》を抱っこした。

「すぐ朝ご飯にしますから」

今日の朝ご飯は、玄米ご飯に豆腐とわかめのお味噌汁《みそしる》、塩鮭《しおざけ》の焼いたのに大根おろし、焼き海苔《やのり》と白菜の浅漬けだ。

「今日は日勤だな」

「はい」

座卓に向かい合って、朝ご飯を食べる。

筧と神城の朝ご飯は、基本的に和食だ。主に腹持ちと神城の好みによる。一人暮らしをしていた時は、前の日に買っておいたコンビニのおにぎりなどを食べていればいい方で、面倒くさいとコーヒーだけという不健康さだったが、筧と暮らし始めてから、神城は和食の朝ご飯を食べるようになった。家事を担っている筧が、洋食より和食の方が得意ということもある。

母一人子一人で育った筧は、京都生まれの母によって、和食を仕込まれて育った。

「俺も日勤だから、晩飯外に食いに行くか？」

「あ、でも、母から送られてきたサワラの西京焼き、食べちゃわないと」

「ああ、そうか」

筧が神城の家に、三匹の犬ごと転がり込んで四ヵ月ほどになる。もともと、筧の母がぎっくり腰になったことが原因だったのだが、母の腰が治ってからも、何となくずるずると同居は続き、犬たちごとお世話になり続けている。その隙《すき》に、母は念願のゴマ柴の子犬を飼い始めてしまった。名前は鞠《まり》だ。この鞠に振り回されつつ、母はせっせと筧と神城におかずを送ってくれる。おかげで、多忙な救命救急センター勤務の二人は、ずいぶんと助かっている。

「カボチャの煮物も味がしみてて、おいしい頃だし」

「わかったわかった」

神城が苦笑した。

「今日はおまえの手料理にしよう」

「いやいやですか？」

塩鮭をむしりながら、筧はちらりと神城を見た。朝はめっぽう弱い神城だが、それはベッドを出るまでで、ベッドから降りてしまえば、わりとしゃんとしている。しかし、仕事の時に見られる鋭さはみじんもなく、のんびりとご飯を食べている。神城は健啖家《けんたんか》だ。何を出しても、おいしそうに食べてくれる。好き嫌いはなく、肉でも野菜でも魚でも、残さずきれいに食べる。

「いやいやなわけねぇだろ」

神城がにっと笑う。

「おまえが作ってくれたものなら、何でもおいしいに決まってる」

「はいはい」

少しこの鮭は塩辛い。大根おろしを多めにのせて、口に入れる。

「じゃあ、今夜はうちご飯でいいですね」

お味噌汁はうまくできた。ご飯を多めに海苔で巻いて、最後の一粒まで食べ、筧は箸《はし》を置く。

「お茶碗《ちゃわん》、流しに入れといてくださいね。洗ってから、仕事行きますから」

「ああ、茶碗は洗っとく。おまえはわんこどもの世話してやれ」

炊事は苦手だが、神城は掃除などは嫌いではないらしい。食事の支度に関しては、まったく手を出さないが、片付けなどは結構やってくれる。

「はい、じゃ、お願いします」

素直に応じて、筧はご飯を待っている犬たちの世話に立ち上がった。


聖生会《せいせいかい》中央病院付属救命救急センターは、今日もバタバタと忙しい。

「輸液急いでっ」

「保存血は何がある?」

「全血型揃《そろ》っていますが、ＡＢ型が二パックしかありません」

「Ａ型は?」

筧は初療室の担当だった。玉突き事故だという大きな交通事故の処置をよそに、学校でガラスを突き破ったやんちゃ坊主の処置を介助していた。

「5－0もう一つ出して」

ナート（縫合）をしていた篠川臣《ささがわおみ》が顔を上げないまま言った。篠川はこのセンターのトップだ。クールな容姿にクールな言動、たまに爆発。かなりデンジャラスな人柄である。

「はい」

筧は素早く回診車から針付きの縫合糸を取り出す。

「しかしまぁ……派手にやってくれたねぇ」

中学一年生だという患者は、腕やら足やらあちこちを切っていて、篠川はため息をつきながら、一つ一つ傷を縫い合わせていく。

「あっちはどう？」

傷に向かい合いながら、篠川が言った。筧はひょいと顔を上げ、交通事故の処置の方を見やる。

「ダメコンに入るようですね。手術室まで保たないみたいです」

大量出血を伴う外傷に対する手術は、全身状態を改善してから行うのではなく、危機的な状態から引き上げるために、限られた時間で遂行する。このような外傷に対する外科的アプローチがダメージコントロールサージェリーである。

「誰が診てる?」

「立原《たちはら》先生と宮津《みやつ》先生です。あと病院から外科の安部《あべ》先生がいらしてます」

「じゃ、大丈夫かな」

篠川は淡々と言い、傷の処置を続ける。

「筧くん、ロカール追加」

「はい」

電話の鳴る音がした。筧はすっと顔を上げる。心得た感じのナースの南香織《みなみかおり》がさっと手を上げて、電話を取った。

「はい、聖生会中央病院救命救急センターです。……はい?」

南の語尾が上がった。筧は篠川に追加の局所麻酔を渡してから、南の方を見た。

「はい……ああ、申し訳ありません。まだ病院の方から連絡が入っていなくて。失礼しました」

〝何かな……〟

南の視線が誰かを探しているようだった。センター内を巡った後、ああ、そこにいたのかという顔で、筧のそばに戻ってきた。

〝篠川先生?〟

「すみません。センター長に確認します」

電話を保留にして、南が篠川に駆け寄ってきた。

「篠川先生」

「話は三行以内」

いつものセリフを吐いて、篠川はちらりと目を上げた。

「どうした？」

「石ヶ丘《いしがおか》病院から転送が来るそうです。一酸化炭素中毒の疑いで、うちの高気圧酸素療法の装置を使いたいそうです」

「脳神経外科から話来てる？」

「ああ、今聞いた」

いつの間にか、診療ブースから出てきたのは神城だった。スクラブの上に羽織った長白衣をなびかせて、颯爽《さっそう》と歩いてくる。

「話を通すのが遅くなって申し訳ないって言ってたぞ。受け入れだけしてくれれば、後は脳外で診てくれるそうだ」

「僕じゃなくて、先生に話を通してきたわけ？」

篠川の切れ長の目がきらりと光った。神城があははと笑い出す。

「違う違う。叶《かなえ》師長が電話を取って、先生が処置中だったから、俺に繋《つな》いできたんだよ。俺もほら、一応副センター長だから」

そこにしずしずと師長の叶律子《りつこ》が登場した。

「ご報告が遅れまして。脳神経外科の高槻《たかつき》先生からのお電話は、お手すきだった神城副センター長にお繋ぎしました。篠川センター長は処置中とお見受けいたしましたので」

「はいはい」

篠川が軽く肩をすくめて、頷《うなず》いた。

「悪かったね。上から目線丸出しの発言で」

「どういたしまして」

神城が軽く答える。

「で？　こっちに入ってきたら、とりあえず、俺が診ればいいか？」

「そうしていただけると助かるかな。僕は手放せないし、あっちの二人も無理だろうから」

篠川は目線だけで、ダメコン真っ最中の宮津と立原を示した。

「了解。というわけで」

神城は叶と南を振り返った。

「石ヶ丘からの救急が来たら、俺を呼んでくれ」

「はいっ」

南が電話の方に駆け戻り、叶が軽く頭を下げる。筧はちらりと神城を見た。

〝え〟

　すると、神城も筧を見ていた。にっと笑い、軽く右手の親指を立てて見せる。

〝なーにやってんだか〟

　ふんと視線を外して、筧は自分の仕事に集中していった。

「救急入りますっ」

　南のよく通る声がした。救急搬入口が開き、風がさぁっと吹き込む。

「風、あったかい」

　南と並んで、救急車を待っていたナースの片岡絵美《かたおかえみ》がつぶやいた。

「春だね」

「何言ってんのよ」

　南が片岡を肘《ひじ》でつつく。

「ほらっ、ドア閉めてっ」

「はいはい」

　救急車が入ったのを確認して、搬入口を閉め、片岡は救急車の後部ハッチの方に回った。助手席から降りてきた救急隊員が外からハッチを開け、ストレッチャーを引き出す。

「よろしくお願いします」

救急車から救急隊員ともう一人、ストレッチャーのそばに座っていた白衣の医師が降りてきた。

「え？」

南が目をぱちぱちさせて、降りてきた医師を見る。

「あの……」

「聖生会石ヶ丘病院の田島《たじま》です」

踵《かかと》が低めのパンプス。膝丈《ひざたけ》より少し短いスカートからすらりと伸びた脚線が見事だ。ふわりと羽織った白衣の裾《すそ》が救急車から降りる時になびいた。

「女医さん……？」

南が小さな声で言った。

「聞いてなかったぁ……」

「え？」

ストレッチャーに近づいて、バイタルを取り始めていた片岡が振り返る。

「何？」

「あ、ああ……先生がついてくるとは聞いてたけど、女医さんだってのは聞いてなかっただけ……」

南がこそっと言ったのにかぶせるように、よく響くアルトが明るく言った。

「ごめんなさいねー。お邪魔しますっ！」

センター中《じゅう》に聞こえそうな声だった。決して大きな声ではないのだが、よく響くのだ。

「患者さん、お願いしますね。えーと、どなたに申し送ればいいのかな？」

「あ、す、すみませんっ！」

南が慌てて、ぱっと振り返った。

「えーと……あ、いたいたっ！　ち、ちょっとお待ちくださいっ」

女医を待たせておいて、南はセンターの中を小走りに駆けていく。

「神城先生っ！」

センターの初療室は、手術室を兼ねることもあるので、なかなか広い。南がぱたぱたと駆け寄った先に、ダメコンの様子を見ている神城がいた。センターの中にはたくさんのスタッフがいるが、その中で神城の長身は目立ち、また独特の存在感があるので、人の中に紛れることはない。

「おう」

神城が振り返った。いつものように、すっきりと澄んだ瞳《ひとみ》が眼鏡の奥で輝いている。

「どうした」

「あ、あの、石ヶ丘病院からの転送が到着しました」

「ああ、悪い」

神城の動きは素早い。呼びに来たはずの南が、後をついて歩く羽目になるほどだ。篠川のナートの介助をしていた筧は、ナートが終わり、カルテを記載している篠川を横目に、患者にせっせと包帯を巻いていた。

〝元気だね、まったく……〟

神城の辞書には、きっと疲れという文字はない。いつもパワフルにセンター内を動き回る。止まったら死んでしまうのではないかと思うほどだ。そしてまた、筧はそんな神城に魅力を感じるのだ。

例えば、筧の知っている限りで、いちばんの美形は篠川のパートナーである賀来玲二《かくれいじ》だが、彼は動いている時ももちろん美しいが、ふと動きを止めた時の美しさが絶品だ。それはいつまでも見ていたくなるほどの圧倒的な美である。

しかし、筧はその折り紙付きの美貌《びぼう》を持つ賀来よりも、神城の方が美しいと思ってしまうことがある。神城も確かに端正な容姿を持ってはいるが、いわゆるわかりやすい美形ではなく、どちらかというとちょっと癖のある容姿だ。それでも、神城に惹《ひ》きつけられてしまう。生き生きと仕事に集中している彼を見ている時だ。

「失礼、お待たせしてしまって……」

神城のよく通る声が聞こえる。

　何があっても落ち着いている神城の声が跳ね上がった。思わず、筧は顔を上げてしまう。

「え？」

「理香子《りかこ》……か？」

　神城が女医の方を見ていた。

「おい、マジかよ……」

　石ヶ丘病院から救急車に同乗してきた女医は、かなりの美人だった。ショートボブがシャープな顔立ちによく似合っている。きりりとした感じの美人だ。彼女はふふっとちょっと皮肉な感じの笑みを浮かべていた。

「久しぶり、尊……じゃなかった、神城先生」

〝名前呼び……っ〟

　周囲もやはりざわついている。

「え、なになに？」

「神城先生、尊って名前だっけ」

「ちょっと、どういうご関係？」

　神城の顔に笑みが広がるのが見えた。筧は思わず目を見開いてしまう。

〝神城先生が……笑ってる……〟

神城は比較的笑顔の多いキャラクターだ。センター長の篠川が苦虫を噛《か》みつぶしたような顔の方が多いのと対照的である。しかし、仕事中にこんな全開の笑顔はあまり見たことがない。

「いやぁ、びっくりした」

神城は闊達《かったつ》な足取りで、田島と名乗った女医に近づいた。

「何年ぶりだ？　いつの間に聖生会に入ってたんだ？」

「もう二年になるわよ。聖生会の人事異動って、全部医局報にのるでしょ？　見てないの？」

神城に理香子と呼ばれた田島は、さばさばとした口調で言った。

「そんなのいちいち見るかよ。じゃ、おまえは俺がここにいるの、知ってたのか？」

「まぁね。積もる話は後にして、とりあえず、患者さんをお願い。あなたが診てくれるの？」

「いや、うちの脳外が診る。俺は受け入れだけだ」

神城が手を出すと、田島は持ってきた紹介状を渡した。

「じゃ、お願い」

「はいよ。片岡、バイタルはチェックしたか？」

神城に視線を送られて、片岡がぴょんと飛び上がった。手だけはしっかり動いていた

が、注意力が少々散漫になっていたようだ。

「は、はいっ」

「あのぉ……」

ちょっとぼんやりしていた筧の手元からも声がした。

「もう……いいですか？」

「え？　あ、すみませんっ」

身体中包帯だらけになっていたいたずら坊主がおずおずと見上げていた。包帯を巻く筧の手が止まっていたので、処置が終わったのかと聞いてきたのだ。

「こ、ここだけ巻いちゃったら終わりだから」

筧の視界の片隅で、二人の医師は親しげに話し合っている。それを寄り添っていると見てしまうのは、筧の目が曇っているせいか。

嫉妬《しっと》という薄いベールで。


「ち、ちょっとちょっととっ！」

病院に連絡が行き、脳神経外科の高槻医師が患者を診に出向いてきた。そのまま、高槻と神城、田島が病院の方に患者と共に行ってしまい、センターは騒然となった。

「どういうこと？」

「美人だったよねっ」

「名前なんか、呼び合っちゃってっ」

さすがに患者の手前もあるので、こそこそ声だが、みな噂話《うわさばなし》に目をきらきらさせている。

「あ、ねぇっ、井端《いばた》先生って、石ヶ丘からいらしたんじゃなかったっけっ」

南が視線で井端を探す。井端はちょうど診察ブースから出てきて、休憩コーナーでコーヒーをいれているところだった。素早く南が駆け寄り、こそこそと話をして、井端を引っ張ってきた。井端はコーヒーカップを置かされて、ずるずると引きずられてくる。

「な、なになに？　何があったの？」

井端は目を白黒させている。

「だーかーら、先生、石ヶ丘からいらしたでしょ？」

井端里緒《りお》は石ヶ丘病院から異動になってきた女医だ。救命救急医になり、フライトドクターを志して、希望してセンターのある中央病院に異動してきたのだ。

「さっき、転送にについてこられた先生をご存じかなぁって……」

「転送あったの？　石ヶ丘から？」

井端の問いに、片岡が頷いた。

「はい。一酸化炭素中毒の疑いで、うちの高気圧酸素療法の装置を使いたいってことで、さっき転送がありました」

「あ、そうなんだ。誰が診たの？」

「脳外で診るそうですが、とりあえず神城先生が」

「ねぇ、先生っ！」

ナースたちに年の近い井端は、おっとりした性格もあって、センターの中では気軽に話せるドクターとして親しまれている。だから、ナースたちもぐいぐいと迫れるというわけだ。

「田島先生っていう女医さんなんです。すっごい美人で……」

南が言った。ナートに使った器具をざっと洗いながら、筧もそっと耳をそばだてる。井端があぁと頷いた。

「田島先生ね、確かに美人だわ」

井端がにっこりする。

「さっぱりしたいい先生よ。ほら、女優の……何だっけ、医者役やってた人に似てるって、患者さんにも人気があったわ」

「そういうのじゃなくて」

南がバタバタと手を振る。

「神城先生とどういう関係なんですかって……」

「神城先生と？」

井端はきょとんとしている。

「何で？」

「え？」

ナースたちと井端が、共にびっくり目で見つめ合っている。

「えーと……神城先生は第二からの異動でしょ？　田島先生は、大学から石ヶ丘にいらした先生だから、関係ないと……あ、そっか……」

「なになに？　何か思い当たることでも？」

南が迫る。井端は少し引き気味になりながら、こっくり頷いた。

「神城先生はもともと整形でしょ？　田島先生も整形なの。たぶん、医局で一緒だったんじゃないのかな……。大学一緒だったはずだし」

「えーっ！　同窓ってこと？」

「どういう関係だと思う？　すっごい仲よさそうだったよね」

「名前呼びしちゃったりしてっ。理香子と尊……だっけ。神城先生のこと、あなたって呼んじゃったりしてっ」

「あらあら」

ぴんと通る細い声。ナースたちがモーゼの十戒のごとく、ざっと二つに分かれる。

「賑《にぎ》やかだこと。どうなさったの？」

師長の叶である。神出鬼没の御仁である。それだけに、ナースたちにとっては脅威である。

「あら、井端先生まで」

「ご、ごめんなさいっ。わ、私、戻りまーすっ」

井端がコーヒーカップをひっつかんで、ブースに駆け戻り、ナースたちも蜘蛛《くも》の子を散らしたように、それぞれの持ち場に駆けていく。その場に残っているのは、洗い物をしていた筧だけだ。

「筧さん」

「はい」

洗い物を終え、ゴム手袋を外しながら、筧は振り返る。

「何でしょうか」

「井端先生の介助だった風見《かざみ》さんがフライトになりました。介助を代わってくださる？」

「はい」

筧はさっと頭を下げると、ブースに向かって歩き出した。

　午後の救急外来は比較的空いていた。今日は午後から雨模様になったせいだろうか、意外に患者の出足は鈍い。救急外来だからといって、四六時中忙しいわけではない。案外、天気や気温に左右されるのである。

「何か、薄暗い感じだね」

　電子カルテをぽちぽちと打ちながら、井端が言った。

「外、寒いのかな」

「さっき、ちょっとのぞきましたけど、それほどじゃなかったですよ」

　筧はポケットの端末をちらりと見て言った。

「でも、患者さんは少ないですね。外来がら空きですし、初療室も静かです」

「……ねぇ、筧くん」

　井端がこそっと小さな声で言った。

「何ですか？」

「神城先生と田島先生、そんなにラブラブだったの？」

「は、はい？」

　唐突に話を振られて、筧は一瞬動きが止まってしまった。心の片隅に引っかかっていたことをどんっと目の前に突きつけられて、胸がずきりと痛む。思わず胸を押さえてしまって、はっとして手を離す。井端は何も気づかなかったようで、またぽちぽちとカルテを打ち始めた。

「田島先生ってそういうタイプじゃないと思ってたんだけどなぁ。何か、さばさばしてて、ちょっと男の先生みたいだったの。美人なんだけど、男勝りでバリバリやってて。私なんか、とってもついていけなかった」

「俺もよく見ていないので、わからないです」

筧はすっと視線をそらしながら言った。ブラインドの下りている窓から外は見えない。しかし、射《さ》し込《こ》む光の弱さから、外はきっと曇りだ。泣き出しそうな空だろう。

「……すみません。俺、ちょっと受付の方見てきますね」

自分もなんだか泣き出しそうになっていることにびっくりしながら、筧は井端に断って、ブースを出た。やはり思っていたとおり、ブースの前も初療室もぽつぽつと患者がいるだけで、重症の患者もいないらしく、スタッフも落ち着いている。

筧はぐるっとセンターの中を見回す。視線は自然にあの人を探す。

〝あ、いた……〟

その人は初療室の電子カルテの前に立ち、カルテの内容を確認しているところだった。横には若手の救命救急医である立原光平《こうへい》が立って、一緒にカルテをのぞき込んでいる。何を話し合っているのかは完全には聞き取れないが、その人……神城が立原の行った処置についてアドバイスしている感じだった。

「……だからさ、内側《ないそく》骨折と外側骨折じゃ、手術の様式が異なってくるわけだから……」

神城の低い声が少しだけ聞き取れる。彼はいつもと少しも変わらない淡々とした表情で、話を続けている。

「レントゲンの指示は……」

立原の言葉も少し聞き取れる。立原はおっとりとした性格の優しい若手医師だ。のんびりとして見えるが、すべてにアグレッシブな神城にしっかりついていけるスタミナの持ち主でもある。

「神城先生」

受付からの電話を取った片岡の声が響いた。

「外傷です。サンダーで手を切った方が受付にいらしてるそうです」

「そうですじゃねぇ。とっとと迎えに行ってこい」

巻き舌気味のべらんめぇで言われて、立原がぴょんと飛び上がった。片岡よりも先に飛び出していく。

「あ、立原先生……っ」

「いい、いい。おまえは処置の準備してくれや」

神城が笑いながら言った。羽織っていた長白衣を脱ぎ、ぽんと放《ほう》る。

「さぁて、一仕事だ」

〝変わらない……な〟

筧のポケットの中にある端末に患者の名前が入ってきていた。この端末は、電子カルテのリストに連動していて、患者が受付を通ると、その名前がリストになって入ってくる。

「いけないいっ。俺も働かなきゃっ」

彼は少しも変わらない。いつものようにパワフルに仕事をこなし、センターの先頭に立って走っている。

〝俺の……考えすぎだ〟

突然現れた美しい女医に心を乱されてしまった自分が情けない。きっと、井端が言うとおり、同窓というだけなのだろう。

〝ことは……年も近いのかな〟

筧と神城は年齢が十歳近く離れている。何せ、元講師と教え子だ。また少し胸がうずいたが、仕事は待ってくれない。血まみれのタオルで手を包んだ患者を、立原がそっと連れてくる。それを見て、筧も慌ててブースに戻る。

「井端先生、患者さん、ご案内しますっ」

彼は淡々としっかり働いている。少しも浮つくことなく、淡々と己の仕事を果たしている。
〝俺も……しっかりしなきゃ……〟
あの人のパートナーとして恥ずかしくないように。あの人の隣に立つために。
篁はブースを出て、患者を案内するために受付に向かった。

ACT 2.

センターの遅番勤務は午後八時までで、日勤帯から夜勤帯への申し送りや準備の時間を取るために人員が少し手厚くなっている時間帯だ。遅番が勤務に入っているうちに、日勤者から夜勤者に患者が送られ、日勤で足りなくなった資材を補充したり、改めて、病棟の状況を確認する。

「ふう……」

今日の遅番は忙しかった。遅番帯には比較的入りにくい救急車が二台入り、どちらも入院になったからだ。一台は早期の脳梗塞《のうこうそく》で血栓溶解の対象になったため、すぐに宮津《みやつ》が血栓溶解に入り、もう一台は高所転落による大腿骨頸部《だいたいこっけいぶ》骨折で手術対象のため、整形外科に入院となった。

「お疲れ」

夜勤の篠川《ささがわ》が少し眠そうな表情で言った。篠川は日勤の後、食事をとり、少し仮眠をしてそのまま夜勤に入る。ナースには連続勤務はないが、医師にはこうした過酷な連続勤務がある。日勤・当直と呼ばれる勤務で、その上に日勤がつくこともある。

「お疲れさまです」

筧《かけい》は相変わらず不機嫌な顔をしているセンター長に、ぺこりと頭を下げた。

「宮津先生の方はどう？」

宮津は元脳神経外科医である。特に指先が器用で、カテーテル検査や治療の腕は現役脳神経外科の医師たちにも劣らない。こうした時間外には、脳神経外科を呼び出すまでもなく、超早期の治療を宮津が行うことがある。

「血栓溶解、うまくいったみたいです。さっき、介助に入っていた叶《かなえ》師長が家族を呼び入れていましたし、もう病棟に上げると言っていましたから。早いですよね」

「はぁ……まぁた、脳外や放射線科が宮津先生をよこせって言ってきそうだなぁ」

こりこりとこめかみのあたりをかきながら、篠川が言う。

「そうなんですか？」

筧はすでに申し送りも終え、あとは帰るばかりである。夜勤のナースである南《みなみ》と藤原《ふじわら》百合《ゆり》も出てきていて、資材の確認をしている。

「うん。宮津先生だけじゃないよ。整形は神城《かみしろ》先生よこせって言ってるしねぇ。こっちがもらいたいくらいなのにさ」

篠川は休憩コーナーに向かった。コーヒーをいれるつもりらしい。口のおごっている篠川だが、眠気には勝てないということか。とりあえずインスタントでもいいから、コーヒーを飲みたいのだろう。

「コーヒーいれましょうか？」

筧が言うと、篠川は首を軽く横に振った。

「いいよ。僕のために残業させるわけにはいかない。とっとと帰り」

自分が定時退勤の鬼なので、センター所属のナースである筧にも、できたら定時退勤をしろということなのだ。筧は大人しく従うことにした。今日は、神城が日勤ですでに帰宅しており、筧が作っておいたご飯を食べているはずだった。

〝ちゃんと魚焼けたかな……〟

今日は生鮭《なまざけ》を軽く醤油《しょうゆ》に漬けたものを作って、冷蔵庫に入れてきた。焦げやすいから気をつけるように言ってきたけれど、ちゃんと焼くことができただろうか。

「では、お言葉に甘えて、失礼します」

筧は軽く頭を下げた。篠川がコーヒーをいれながら、ぱたぱたと手を振る。

「はい、お疲れ。寄り道しないで帰るんだよ」

まるで子供に言い含めるように言って、篠川はくるりと振り向き、微《かす》かに笑った。

小さな門灯がぼんやりと光を投げかけている。古めかしい格子戸だが、ついている照明はセンサー式だ。最初はスイッチでつけるタイプだったのだが、用心もかねて、筧がセンサー式のものに変えたのだ。筧が同居する直前、この家に強盗が入り、神城が格闘の末、御用としたのだが、筧は胸が潰《つぶ》れるような思いをした。無茶をする人だとは思っていたが、ここまでとは思わなかった。呆《あき》れ半分泣きそうな思い半分である。そんなわけで、筧は同居するが早いか、センサーライトと防犯用の音のする砂利《じゃり》を買いに走った。そんなものはいらないとぶつぶつ言う神城そっちのけで、筧はライトをつけ、格子戸から玄関までの間に、音のする小砂利を敷いたのだ。

「ただいま、戻りました」

声をかけながら、玄関を開けようとして、筧はふと手を止めた。

「鍵《かぎ》が掛かってる……？」

玄関の戸は固い手触りだった。筧は首を傾《かし》げながら、ボディバッグのポケットから鍵を取り出して、玄関を開けた。

「いないんですか？」

一応声をかけてみるが、神城は在宅していれば、家に鍵など掛けない。ちゃんと戸締まりしてくれと、口を酸っぱくして言っているのだが、寝る時以外は鍵を掛けてくれない。

家の中はしんと静まりかえっていた。火の気も明かりもなく、この家に誰もいないことを筧に教えている。

「どっか行くって言ってたっけ……」

意外だが、神城はインドアなタイプだ。仕事中はとんでもなくアクティブだが、いったんプライベートになると、食べるのとお風呂《ふろ》に入るの以外は、ほとんどごろごろしている。恐らく、仕事用のエネルギーを蓄えているのだろう。それでも最近は、筧の実家から預かっている三匹の柴犬《しばいぬ》たちがいるので、最低限散歩にだけは行くようになったが、それ以外はやはり基本家でごろごろしている。筧と一緒でなければ、あまり外食もしなくなったし、飲みに行くのも筧と一緒に『le《ル・》 cocon《ココン》』に行くくらいだ。その神城が留守にしているのである。

台所に行って、冷蔵庫をのぞくと、今朝仕込んでおいた魚がそのまま入っていた。

「ご飯も食べてない……」

とりあえず、自分は食べなければならないし、生の魚をこのままにもしておけないので、筧は冷蔵庫から醤油漬けの鮭を取り出して、グリルに入れた。二つ切り身を入れておいたのだが、二つとも焼いてしまう。あとで身をむしって、少し炒《い》りつけて、ふりかけにでもしよう。これも作り置いておいた肉じゃがとほうれん草のおひたしを取り出し、肉じゃがを軽くレンジであたためため、味噌汁《みそしる》を作るのは面倒なので、即席のお吸い物に沸かしたお湯を差して、夕ご飯にした。

「どこ行ったんだろう……」

子供ではないのだから、心配する必要はないと思うが、少し疑問がわいただけだ。

「まぁ……浅い交友関係なら狭くないからな……」

人見知りなど、何それおいしいのな人だ。病院の方の飲み会にでも誘われたのかもしれない。

「でも、それなら留守電くらい残してくれたっていいじゃないか……」

座卓に一人座って、ご飯を食べていると、ひたひたと静かな足音がして、白柴犬の華《はな》が寄ってきた。家にこだわりのない神城は、預かっている犬たちが家の中を自由に歩き回ることを許している。散歩から帰ったり、庭を走り回った後に足を拭《ふ》いてもらった犬たちは、たいていは縁側《えんがわ》に向いた部屋にいるが、たまに気が向くと、あちこちを歩き回っているのだ。人好きな華は、筧や神城が家にいる時は、そばにいたがる。今も、筧が帰ったのを聞き取って、そばに寄ってきたのだ。座ってご飯を食べている筧にそっとくっついて、華は寝そべった。

「なぁ、華。あの人、帰ってきたのか？」

聞いてみても、犬は答えられない。ふっとため息をついて、筧は食事を続けた。

からりと玄関の引き戸が開く音がした。ちょうど台所の片付けを終えた筧がタオルで手を拭いていると、黒柴の凜《りん》と赤柴の鈴《すず》を引き連れた神城が入ってきた。

「……おかえりなさい」

どこに行ってきたの？　とは聞けない。

〝俺は、先生の奥さんじゃないんだから……〟

「ただいま。水くれるか？」

「あ、ええ……」

冷蔵庫からミネラルウォーターのボトルを出し、コップに注いで差し出す。

「どうぞ」

「サンキュ」

神城はいつもと変わらない表情で、傍らにきちんとお座りした犬たちの頭を撫《な》でながら、コップの水を飲み干した。

「ビールって水分なのに、何で飲んだ後に喉《のど》が渇くんだろうな」

「医者のくせに、何言ってんですか……」

コーヒー飲みますか？　と聞くと、番茶が飲みたいという。筧はお湯を沸かし直した。

「茶の間で待っててください。お茶いれて持っていきますから。ご飯は食べますか？」

「ああ、食ってきた」

神城はあっさりと言った。

「『あかり』、新しいメニューが増えていたぞ。春だから、山菜の天ぷらが出ていて、うまかった」

「『あかり』行ったんですか?」

『あかり』は、二人のお気に入りの割烹《かっぽう》だ。割烹と言っても、格式張ったところではなく、路地の奥にある、美人女将《おかみ》と板前が二人でやっている小さな店だ。しかし、味は素晴らしく、季節のものを実においしく食べさせてくれる。

「ああ。その後、『le cocon』で軽く飲んできた。賀来《かく》が来ていて、今日は可愛《かわい》い相棒くんはどうしました?　って言われた」

賀来玲二《れいじ》は、『le cocon』を含めて、七軒のレストランやバーを経営しているやり手の経営者だ。本人はおっとりとした物腰の人物だが、その経営手腕は並ではない。ミシュランの星持ちのレストランを二つも経営しているのが、その証《あかし》である。

「……一人で行かれたんですか?」

こんなことを聞く権利はないと思いつつ、ついつるりと疑問が言葉に出る。しまったと思うが、神城は大して気にする感じもなく、あっさりと答えた。

「いや、美女とだ」

「え……っ」

神城には、ほとんど女性の影がない。その気になれば、まさによりどりみどりなのだが、本人は楽しそうに仕事をしているだけで、色恋沙汰《ざた》には無縁だと思われている。そんな神城の意外な言葉に、茶の間の隣の台所でお茶をいれていた筧は、うっかりお茶を手にかけてしまった。つい、悲鳴を上げてしまう。

「あ、あちっ！」

「おい、大丈夫か？」

神城が心配そうな声を出すのに、筧は慌てて答えた。

「だ、大丈夫ですっ」

水道の水でざっと手を冷やしてから、筧は小さなお盆に大ぶりの湯飲みをのせて、茶の間に行った。

「はい、どうぞ」

「ああ……大丈夫か？　やけどしたのか？」

「いえ、ちょっと熱い茶碗《ちゃわん》に触っちゃっただけです」

筧はちょこんと座卓の前に座った。犬たちも行儀よく、筧のまわりにお座りする。筧の母にきちんとしつけられている犬たちは、こんな風に家族の団らんぽいところに同席したがるが、そんな時はとても大人しい。家の中では大人しくしているようにしつけられているらしく、とことこと歩き回ることはあるが、走ったり過激にじゃれたりすることはあまりない。神城の家の庭が広く、そこでストレスは発散されているらしい。

「晩飯用意してくれてたんだよな。ごめんな」

お茶を飲みながら、神城が謝ってくる。

「連絡しようと思ったんだけど、おまえ、遅番だっただろ？」

「あ、ええ。いいんです。残った分の魚はむしって、朝ご飯のふりかけにしますから」

「ごめんな」

もう一度謝って、神城は軽く手を伸ばし、筧の頭を撫でた。

「だ、だから、いいです。ご飯食べたんなら、お風呂に入りますか？　お湯溜《た》めてありますから、追《お》い焚《だ》きすればすぐ入れます」

「ああ。お茶飲んでからにするから、何なら、おまえ先に入るか？」

「いいえ、俺は後でいいです」

筧は半ば逃げるようにして、台所に行き、さっき沸かしたばかりのお湯でコーヒーをいれた。いつもならドリップでいれるのだが、今日はインスタントだ。

「おーい」

茶の間から、神城の声がする。

「は、はーいっ」

立ったまま、コーヒーを飲んでいた筧は、カップを置いて、茶の間に顔を出した。

「何です？」

「二人しかいない家なんだから、そんなとこでコーヒー飲んでるなよ。こっち来い」

「は、はい……」

渋々篁は、コーヒーを持って、茶の間に戻った。茶の間と台所の間を、篁の顔を見上げながら右往左往していた犬たちが、ようやく落ち着いて、また座った篁のまわりにくつろいだ。

「おまえ、何も聞かないんだな」

神城が少し笑いながら言った。

「おまえがせっかく作ってくれた飯を俺が食わなかったのに。文句言っていいんだぜ？」

「文句なんて……言いませんよ。俺が勝手に作ってるだけだし」

篁はもごもごと言い、そばに寝そべっている鈴の背中を撫でた。神城は膝《ひざ》に頭をのせてきた華の額のあたりをくりくりと撫でている。

「でも……」

篁は少しためらってから、顔を上げた。

「聞いてほしいなら聞きますけど……どなたとご一緒だったんですか？」

「おう」

ようやく篁がまともに口を利いてくれたと、神城が相好を崩す。

「田島《たじま》だよ」

さらっと、爆弾が落ちてきた。筧は一瞬口が利けなくなる。

〝田島先生……っ〟

あの颯爽《さっそう》とした美人女医の姿が浮かんだ。神城と親しげに名前を呼び合っていた美しい女医。確かに美女である。

「何で……田島先生……」

「何でって。あいつから連絡が来たんだよ。飯おごれって」

神城はどうということもない口調で言う。筧は、でもと少し身を乗り出す。

「連絡先、知ってたんですか？」

「いや。この前来た時、交換してくれって言うから、メアドだけ教えた。そしたら、今日連絡が来て、近いうちに飯食いに行かないかって言うから、じゃあ、今日にしようって言ったんだよ。先のことは、俺もよくわかんねぇし」

「…………」

そうだった。この人は自分の勤務すら、先々のことは把握していない。とりあえず、一週間くらいの勤務しか覚えていないのだ。センターの医師の勤務表は複雑なので、仕方ないかとも思うが、何だかなぁである。

「それで……『あかり』と『le cocon』ですか……」

「ああ。俺が知ってる店の中で、女性を連れていけるような店って、あそこくらいしかないからなぁ」

のほほんと言われて、急に筧はふつふつと怒りがわき上がってくるのを感じていた。

〝あそこは……『あかり』と『le cocon』は大切な場所なのに……〟

『あかり』も『le cocon』も、初めて筧が神城に連れていってもらった店で、今もことあるごとに二人で訪れる大切な、隠れ家的な店だ。

〝そこに……連れていくなんて……〟

「……田島先生って、どういう方なんですか……?」

筧は声が震えてしまわないように、慎重に言った。必死に飲み込んでいないと、声が高くうわずってしまいそうだった。

自分が嫉妬深《しっとぶか》い質だと思ったことは、それなりにある。筧は、できることなら常に神城を独り占めにしておきたいのだから。しかし、二人は職場の言ってみれば同僚に近い立場で、そんなことを言っていたら、仕事にならない。神城が仕事をしている姿をいちばん愛している筧としては、仕事の邪魔は絶対にしたくない。だから、喉元まで出かかる嫉妬のセリフをおさえてきたのだ。

「理香子《りかこ》か?」

〝下の名前とか、呼ぶかなっ!〟

一応、恋人と呼んでいる筧の前でだ。まったく……空気は読むくせに、この人はとんでもなく鈍感なところがある。

「理香子は、俺の大学時代からの知り合いだよ。大学から医局まで一緒だったから、まぁ、親しい方だったろうな。俺が医局を出たのを最後につきあいはなくなったから、この前会ったのが何年ぶりだったかな」

「大学時代からの……」

「俺の学年って、整形に行ったのが少なくてさ。だから、つきあいは深い方だったんじゃないのかな。結構、飲みに行ったりもしてたし」

神城はさらりと言う。

「派遣先が重なったことはなかったけど、お互いがどこにいるか程度は把握してたな」

「……それなのに、同じ聖生会《せいせいかい》にいることをご存じなかったんですか？」

嫌みっぽくならないように気をつけて、筧は言った。もうコーヒーは冷めてしまっているが、いれ直す気にもならない。とりあえず、鈴をつかまえて、膝に押し込む。鈴はくぅんと喉の奥で少し抗議してから、筧の膝の上でくるんと丸くなった。小柄な鈴だからできる技だ。

「知るかよ」

神城が素っ気なく言う。

「俺が聖生会に入ってから、どんなことやってきたかはおまえがいちばんよく知ってるだろ。同期の去就なんて、いちいち確認してられるかよ」

まぁ、言われてみればそのとおりである。

聖生会第二病院にいた頃の神城は、何とか救命救急部を機能させようと懸命だった。少しでも気を抜くと、病院側に潰される。神城は一人で組織に戦いを挑んでいたのだ。

「……ですね」

「理香子も聖生会にいたなら、知らねぇわけでもあるまいに、冷たいだの何だの、ごちゃごちゃ言いくさって。がっつりおごらされたよ」

愚痴を言うなら、もう少し嫌そうに言えと思う。嬉《うれ》しそうに言うんじゃない。

「『あかり』と『le cocon』なら、先生の懐具合からして、痛くも何ともないでしょう？　気持ちよくおごって差し上げればよろしいじゃないですか」

「……嫌みを言うな」

ついに気取られてしまったのか、神城が言った。

「らしくねぇぞ、筧」

「嫌みなんか……言ってません」

筧はもそもそと言った。

でも、やはり、あの店に自分以外の人とは行ってほしくなかった。あそこは……二人の大切な大切な場所だから。次にあの店に行くのが、少し憂鬱《ゆううつ》になってしまう。

きっと、あの美人女将は言うだろう。「おや、この前のきれいな方とはご一緒じゃないんですか?」と。藤枝《ふじえだ》はそんなことは言わないと思うが、心の中では思うかもしれない。

「あの美人は誰だったんだろう」と。

〝あーっ！　もうっ！〟

がりがりと頭をかきむしりそうになって、篁は慌てて、その手の動きを鈴を撫でる手の動きに変換する。それでも、やはり手の動きは乱暴だったらしく、鈴が不服そうに顔を上げた。

「お風呂入りますよね……」

彼にはちゃんと好きだと言ってもらってるし、恋人だとも言ってもらっている。でも、篁は少し傷ついている。彼が篁に黙って、女性と食事に行き、二人の大切な隠れ家に連れていったことに。

〝しかも、二軒ともっ！〟

「追い焚きしてきます。少し経《た》ったら入ってくださいね」

鈴を抱っこして、篁は立ち上がった。華は神城の膝に頭を置いて、くうくうと眠り始めていたが、凜は顔を上げ、鈴をうらやましそうに見ている。

「凜、おいで」

筧は凜に声をかけた。

「華は、先生がお風呂に入る時に寝床に置いていってください。華は簡単に目を覚まさないので、抱き上げても起きないと思います」

「了解」

神城は上機嫌で華の頭を撫でた。その笑顔ですら、今の筧の心をかきむしるようだ。

「……先に休みます。おやすみなさい」

今日は久しぶりに自分のベッドで寝よう。

筧は自分が涙を飲み込んでいることに驚いていた。

ACT 3.

　三月も末になると、空が冷たい青からあたたかく煙る薄紫を帯びてくる。春霞《はるがすみ》が流れ始めると、空気があたたかくなって、ヘリで上空に上がっても、ひどく寒いと思わなくなった。

「あ、現場見えてきました」

　下を見ていた筧《かけい》は、工事現場を指差した。

「大きな現場ですね」

「ヘリを降ろせるって言ってましたからね」

　ドクターヘリのパイロットである真島祐二《ましまゆうじ》が少しかさついた声で言った。春先は天候が不順なので、風邪を引きやすい。真島も風邪気味らしい。しかし、ヘリのパイロットに替えは利かない。マスクをかけて、今日も飛んでいる。

「ああ……あそこですね。駐車場の車をどかしたんでしょうね」

　ヘリが着陸態勢に入った。筧はちらりと同乗している神城《かみしろ》を見る。ヘリの中の神城はいつもの饒舌《じょうぜつ》さは影を潜め、あまり話さない。仕事に集中していくところなのだろう。

「アプローチ」

真島が言った。

「降下します」


工場建設の現場は、昨日の雨で少しぬかるんでいた。それでも、神城がそんなことを気にするはずもない。泥を撥ね上げながら、先行する救急隊員の後についていく。

「高所転落って聞いたが」

「はい」

救急隊員が頷《うなず》いた。

「建設現場の足場から転落しました。七メートルの高さがありましたが、途中で別の足場にバウンドして、下に落ちました。ちょっと……判断がつかなくて、ドクターの臨場をお願いしたかったんです」

「判断がつかない？」

神城は少し首を傾《かし》げた。

「意識はあるんですが、どこに搬送すればいいのか、判断できなくて。近隣の病院には高エネルギー外傷は無理だって、断られてしまって。ただ、普通の外傷なら診られるという返事をもらっているんで、そのあたりの判断が」

「ああ……なるほど」

神城は、シートを広げた上に、全脊椎《せきつい》固定されて横たわっている傷病者に近づいた。

「筧」

神城が振り向きもせずに言った。すぐ後ろについてきていた筧がはいと返事をする。

「バイタルとってくれ。初期評価する」

「はい」

バイタルサインは救急隊もとっていたが、改めて、筧が血圧を測り、サチュレーションを確認し、熱や呼吸、心拍をとっていく。神城は意識レベルを確認し、初期評価をした。

「えーと……名前、言える？」

「はい……」

傷病者は男性だった。五十代の男性で、痛そうに顔をゆがめているが、意識はしっかりしているようだった。

「佐々木《ささき》です……佐々木悟《さとる》といいます……」

「佐々木さんね。俺は聖生会《せいせいかい》中央病院救命救急センターのフライトドクターで、神城。えっと、ちょっと診せてもらっていいかな」

「はい……お願いします……」

神城は筧が渡したステートをつけて、まず傷病者の胸の音を聞き、軽く脈をとる。

「息は？　苦しくない？　ちゃんと呼吸できてる？」

「はい……大丈夫です……」

傷病者が頷くのを確認して、神城は手足の動きを見ていく。

「手足に痛みは？　痛いところはどこ？」

「背中と……右の腰。手足は……大丈夫です。うん……大丈夫。擦り傷でひりひりするけど」

「手足にしびれはないか？　筧、ハンマーくれ」

「はい」

筧は救急バッグからテーラーハンマーと呼ばれる打診器を取り出す。頭部がゴムになっている診察用のハンマーだ。神城はそれで、傷病者の手足を軽く叩《たた》いて、反射を見ていく。

「OK。反射も問題ないな」

次に筧が渡したのは、ペンライトだった。傷病者の瞳孔《どうこう》の動きを見て、神城はよしと頷いた。

「よし。問題なし。頭の方も今のところ、問題なさそうだな。筧、消毒とガーゼ。傷、診よう」

神城が要求するものを、筧はバッグから取り出し、次々に渡していく。

「傷は……本当にかすり傷だな」

神城はふいと顔を上げた。傷病者が転落した高所を見上げる。ここから七メートルあるという足場だ。手すりに当たる部分が壊れていて、どこから転落したかがはっきりわかった。

「あそこから落ちたのか……」

神城が軽く口笛を吹いた。筧が肘《ひじ》で、神城の脇腹《わきばら》を突く。

「いてっ」

「不謹慎です」

「……はい、ごめんなさい」

素直に謝る神城に、傷病者がくすっと少し苦しそうに笑った。神城も安心したように笑う。

「よし、ナートも必要なさそうだ。おーい」

神城に声をかけられて、救急隊員が飛んできた。

「はいっ」

「この近くの病院って、CTある？」

「はい、あると思います。確認しますか？」

「よろしく。CT撮ってもらったら、俺が見てもいいから。脳に損傷や出血がないか確認したら、経過観察でいいと思う」

神城は傷の手当てを終え、立ち上がった。

「じゃあ、連絡とってくれ。受けてくれたら、俺が同乗する」


救急車は病院に向かって走っていた。傷病者は高エネルギー外傷ではあったが、神城の診察で深刻なけががないことがわかり、頭部の損傷を確認するためのCT検査なら受け入れられるということで、傷病者の他《ほか》に神城と筧が救急車に乗っていた。筧は事故現場に残るつもりだったのだが、神城が「一緒に来い」と言ったので、救急隊員を一人下ろし、筧が代わりに救急車に乗った。

〝でも、行く先が選《よ》りに選って……〟

筧は少し気が重くなっていた。

「石ケ丘《いしがおか》病院には、よく搬送するのか？」

神城の問いに、救急隊員が答えた。

「そうですね……あそこは救急部がないので、日直時間帯は引き受けてもらったり、だめだったりですね。半々より少し分がいいくらいでしょうか。夜間帯は当直医によります」

「そっか……何か、申し訳ないな」

救急車は、聖生会石ヶ丘病院に向かって走っていた。近隣の病院とは、石ヶ丘病院だったのである。

同じ聖生会でも、各病院の独立性は強い。もともと系列として作ったものではなく、独立していた病院を系列に加えていった形だからだ。だから、救急に熱心で救命救急センターを作った中央病院、救命救急部を廃止した第二病院、そして、救命救急部を持たない石ヶ丘病院とそれぞれの方針は異なる。

「ああ……」

救急隊員も神城の言っている意味がわかったのだろう。苦笑いをした。

「先生は同じ聖生会の……」

「ああ。うちなら断らないいんだけどな」

「先生」

筧がまたつんつんと肘でつつく。

「言いすぎです」

「はい、ごめんなさい」

傷病者はまたくすっと笑った。救急車に乗ったせいか、だいぶ落ち着いたようだ。神城も表情を緩めて、傷病者を気遣った。

「気分は？　大丈夫か？」

「はい……救急車って、揺れるんですね……」

「急ぎますからね」

隊員が頷いた。

「もうじき着きますから……」


救急車が石ヶ丘病院に着いたのは、現場を出発して、十分後だった。病院の裏手に回り、救急搬入口に車を着ける。

「ああ……風除室があるんだな」

石ヶ丘病院の搬入口はよくできていて、車ごと室内に入るような感じだ。屋根と三方を壁に囲まれた場所に入り、そこでストレッチャーを下ろして、院内に入る。雨や多少の風でも、患者は影響を受けずに院内に入ることができる。

「お願いします」

最初に救急隊員が降り、院内に入った。入れ替わりにナースが出てきて、車に残った隊員と筧が下ろしたストレッチャーに近づいた。

「お願いします」

フライトスーツを着た筧に、ナースがきょとんとしている。筧は軽く頭を下げて、名乗った。

「ドクターヘリ、フライトナースの筧です。よろしくお願いします」

「あ、ドクターかと思った……」

「ドクターは俺だよ」

車の中から最後に降りた神城に、ナースがまたびっくりしている。何せ、大柄な神城である。そのルックスも相まって、かなり迫力がある。

「あ、はい……」

「同じくドクターヘリ、フライトドクターの神城だ。こちらのドクターに申し送りたいのだが」

黒のフライトスーツ姿で現れた長身の医師に、ナースは頷き、院内へと促した。

「中で、当番の先生がお待ちです。どうぞ」

ストレッチャーの後について、院内に入ると、そこは少し広めの処置室といった感じだった。壁際に点滴ベッドが五台ほどあり、それぞれがカーテンで仕切られている。手前の部分は空いていて、そこにストレッチャーを運び込んだ。すぐに救急カートと回診車が引き寄せられて、まずはバイタルサインが確認される。筧は傷病者のそばに付き添い、神城がナースに導かれて奥に入っていく。

「ああ、お疲れさま……ええっ！　尊《たける》なのっ！」

筧が病院のナースに申し送りをしようとした時、突然素《す》っ頓狂《とんきょう》な声がした。筧は飛び上がりそうになる。その声に聞き覚えがあったからだ。はっと顔を上げ、声が聞こえた方を見てしまう。ちょうど、神城が招き入れられたところはパーティションの陰になっていて、そこに誰がいるのかはよくわからない。でも、あの声は知っている。

〝まさか……〟

「……あの」

それでも、慣れた感じで申し送りをし、傷病者の様子を見ている筧に、病院のナースがそっと囁《ささや》いた。

「フライトドクターの神城先生って……」

「聖生会中央病院救命救急センターの所属です」

筧は早口に言った。

「俺も同じです」

「あ、同じ聖生会なんだ……だから、知ってるのかな……」

「びっくりしたなぁ、もう……っ！」

華やかな声が近づいてくる。筧は少し身を固くしていた。うつむいて、傷病者の様子を見ていると微《かす》かな足音がして、視界の端にすらりと短めのスカートから伸びた足が見える。

「俺の方が驚いたよ。ここの病院、おまえしか医者がいねぇのか？」

神城の響きのよい声。普段の彼の口調には、ほとんど甘さがないのだが、なぜか今日は少し甘い気がした。そうでなければ。

〝緊張感が足りないっ〟

少しイラッとして、筧は顔を上げた。

〝やっぱり……っ〟

そこに神城と並んでいたのは、やはりあの女医……田島理香子《たじまりかこ》だった。

「でもまぁ、救急対応はみんな嫌がるからね。ここに当番以外で来るのは、私と今そっちにいる井端《いばた》先生くらいのものよ」

田島の口調はさばさばしたものだった。

「とりあえず、バイタルは大丈夫？」

田島に聞かれて、一瞬、筧の返事が遅れた。

「え、ええ……落ち着いていています」

「気が抜けてんのか、筧」

すぐに神城の声が飛んだ。厳しいなぁと田島が笑う。

「へぇ、男の子なんだ。フライトナースの男の子って初めて見たかも」

ひょいと顔をのぞき込まれた。思わず身を引きそうになる。女性の中で働いているから、今さら女性に近づかれても驚かないが、何だか、田島のことは苦手だと思ってしまった。それが伝わったのか、田島があははと軽く声を立てて笑う。

「取って食ったりしないから、そんなに避けないでよ。尊、教育が行き届いてないよ」

「筧、その女医はがさつだが、腕は確かだ。逃げなくていいぞ」

後ろからついてきた神城が笑いを嚙《か》み殺《ころ》しながら言った。

「理香子、うちの可愛《かわい》いフライトナースを怯《おび》えさせるな。筧は可愛い上に優秀なナースなんだ。逃げ出されちゃ困る」

「わ……」

そばにいた病院のナースが小さな声でつぶやいた。

「美男美女じゃない……?」

〝その上、名前呼びかよっ〟

「どういうご関係なのかしら……」

神城は百八十センチを軽く超える長身だが、田島も女性にしては大柄だ。低めではあるがヒールのあるパンプスを履いているので、百七十センチを超えているだろう。小柄な筧より大きい。その長身の二人が並んでいると、かなり迫力がある。その上、田島はかなり

の美人だ。目鼻立ちがはっきりしていて、濃いメイクがなくても、くっきりとした顔立ちの美人である。神城も目鼻立ちがはっきりとした男っぽい顔立ちをしているので、その二人が並んでいると、なかなか見栄えがする。

〝何が可愛いだよ……っ〟

対して、筧は小柄だし、目鼻立ちはちまっとしていると神城によく言われる。はっきり言って美形ではないし、自分では可愛いとも思わない。篠川《ささがわ》からは『柴犬《しばいぬ》顔』と言われている。どういう顔なのか、よくわからないが。

〝少なくとも、この二人ほど派手じゃないことは確かだ〟

「……大学の同窓生だそうです」

筧はできうる限り、さらりと言った。

「神城先生、バイタルは落ち着いています。CT行くなら、早い方がいいと思いますが」

「おう、そうだな。理香子、CTは使えるか？」

神城はフライトスーツの襟元を少し緩め、ファスナーをちょっと下ろした。普段襟元の開いているスクラブを着慣れているせいか、神城はフライトスーツのきっちりと締まった襟元が苦手だ。どこか男っぽい仕草を見せて、神城は田島に振り返った。田島が頷く。

「いつでも。画像も見てくれるんでしょ？」

「遠隔ができればいちばんいいんだが」

センターの画像は、病院の放射線科が読影してくれるので必要ないが、第二病院には放射線科医がいないため、向こうの画像は遠隔読影と言って、画像データを中央病院の放射線科に送ってもらい、読影レポートをやはりデータで返すのだ。そのネットワークに、石ヶ丘病院はまだ入っていないはずだった。

「データをＤＶＤに入れることはできるわよ」

田島が言った。

「紹介状には、よくそうやって付けてる」

「即時読影にはならねぇがな。でもまぁ、見ないよりいいだろ。俺が見た後、何かあると困るからもらってく。あとでレポートを送る」

神城はそう答え、筧を振り返った。

「筧、ＣＴ室まで一緒に来い。ここのナースたちも忙しいだろ。おまえ、せっかく来てるんだから、働いてけ」

「さっきからちゃんと働いてます」

つけつけと言い返し、筧はストレッチャーに乗ったままの傷病者に声をかけた。

「頭のＣＴ検査に行きます。痛くも何ともないですからね。気分は変わりないですか？」

傷病者が頷くのを確認して、神城が言った。

「じゃあ、行くか。理香子、案内してくれ」

傷病者の頭部CTには、異常は見られなかった。撮像してくれた技師に頼んで、骨条件や3Dも作ってもらったが、頭蓋骨《ずがいこつ》に骨折はなく、脳挫傷《のうざしょう》、外傷性出血も見られなかった。

「七メートルから落ちて……いくらヘルメットかぶってたからって、こりゃ奇跡だな」

神城が腕を組みながら言う。

「本当に、他にけがはないの？」

神城たちはCTの操作室にいた。神城がコンソールに軽く手を突いて、ディスプレイをのぞき込み、その斜め後ろに田島が立っている。筧は少し離れたところで、ガラス越しに傷病者を観察していた。田島が神城を見ている。

「七メートルでしょ？　大丈夫なの？」

「ああ。七メートルどすんと落ちたわけじゃなくて、途中の足場でバウンドして、それで落ちたと聞いた。だから、実質落ちたのは三メートルくらいらしい。まぁ、それでも大した高さではあるがな」

「そうよ。この前、私が診た患者なんて、一メートルの高さから落ちて圧迫骨折よ」

「そんなこと言い始めたら」

神城が呆《あき》れたように言った。

「普通に座ったって、圧迫骨折はするだろうが。まぁ、それが三メートルから落ちて、かすり傷だけだ。若いとはいえ、よっぽど運がよかったんだな」

そして、筧を振り返る。

「よし、筧、患者様はこっちの女医先生にお願いして、俺たちは帰るぞ」

「はい」

筧は頷くと、撮像を終えた技師と一緒に、CT室に入った。いったんストレッチャーからCTのテーブルに移った患者をストレッチャーに戻すためだ。すぐに、手伝うために、神城と田島も入ってくる。

「お疲れ」

動いていたテーブルが止まり、技師と筧、神城と田島の四人で、患者の身体《からだ》の下に敷いてあるパッドごと、患者を持ち上げ、ストレッチャーに戻す。

「えーと、結果から言うと、とりあえず頭の方は大丈夫そうだ。だが、たまに後になって、脳の中に血が溜《た》まることがある。事故直後はCTでは見えないくらいの小さな出血が続いて、時間が経《た》ってから、大きな血の塊になることがある」

神城は嚙み砕いて、丁寧に説明する。

「だから、そうだな……二ヵ月くらいは自分の体調に注意していてくれ。ものが二重に見えたり、ひどい頭痛がしたり、吐き気がしたりしたら、すぐに受診して、高いところから落ちたことがあるのを話すこと。いいかな?」

「は、はい……」

患者が頷いた。あとを田島が引き取る。

「じゃ、あとは私の方で診るから。尊……じゃなかった、神城先生、お疲れさま。どうやって帰るの?」

技師が迎えのナースを呼び、田島と神城は並んで歩き出した。

「救急車、帰っちゃったけど」

「ああ、ヘリが待ってるから、現場までタクシーで戻る」

「あら、かっこいい」

田島がふふっと笑った。はっきりとした二重の目が、妙に色っぽい視線を送ってきて、後ろについてきていた筧の方がどきっとしてしまう。神城はいつものように涼しい顔をしている。

「車を待たせているってのもいいけど、ヘリを待たせているには負けるわね。私も言ってみたいわ」

「言ってみればいい」

神城があっさりと言った。

「ここにいた井端みたいにさ。あいつ、じきヘリに乗るぞ」

「え、そうなの？」

「ああ」

石ヶ丘病院は二百床ほどの病院だ。五百床を超え、救命救急センターも持っている中央病院に慣れている筧からすると、小さな病院という感じがする。通路も決して広くなく、天井も低い。院内は清潔だが、設備は新しいとは言えない。ＣＴもセンターにある病院のお下がりＣＴより型が古かった。

「えーと、筧くんだっけ」

不意に声をかけられて、筧は飛び上がりそうになった。田島がくすくす笑っている。

「そんなに怯えないでよ。何か、私のこと怖がってない？」

「そりゃ怖いだろうさ」

神城がラフな口調で言う。

「おまえ、こいつよりでかいしな。まぁ、筧はちっちゃいから、でかい女に囲まれるのは慣れているが、おまえは態度もでかいから、迫力ありすぎなんだよ」

「ちっちゃい言わないでください」

確かに筧は小柄だ。同じセンターの医師である宮津《みやつ》も小柄で、彼のそばにいると妙に和むのは確かである。しかし、大柄なナースたちの間にいても、これほど緊張はしない。つまり。

〝俺、この人のこと……好きじゃない〟

「あ、俺、タクシー呼んできます」

「筧、おまえ、財布持ってきてるか？」

「……持ってないんですか？」

救急車同乗の時の必須《ひっす》アイテムが財布である。救急車に同乗した時は、帰りも救急車に乗れるとは限らない。申し送りの間に、救急車が帰ってしまうことがあるからだ。その場合、自力で戻らなければならない。最悪の場合、白衣姿で電車やバスに乗るという羽目にも陥るのだ。

「はは……」

神城が笑った。筧は信じられないものを見る目で、神城を見た。

「手ぶらとか？」

「はは……」

筧はぱっと走り出して、病院玄関の横にある守衛室に行った。

「すみません。タクシーを呼びたいんですけど、どこの会社がいちばん近いですか？」

「あ、タクシーなら、ちょうど今車寄せに来ていますよ」

人の良さそうな顔をした守衛が顔を出した。

「タクシー停《と》めておきます。えーと……」

守衛の目が筧のフライトスーツの胸に目をやった。そこには『聖生会中央病院救命救急センター』のワッペンが付けられている。

「あ、中央病院の先生ですか。お疲れさまです」

「俺はナースです」

筧は小さく頷いた。

「ありがとうございます。じゃあ、先生呼んできます」

筧が振り返ると、神城はまだ田島と話しているところだった。ショートボブをかき上げながら、田島は神城を見つめている。神城は両腕を胸の前で組んで、くつろいだ表情で話している。フライトスーツを着た神城が、あんなに柔らかい表情をしているのを、筧はあまり見たことがなかった。

「へぇ……あの男前が先生？」

守衛が言った。筧は二人を見つめたまま、こくりと頷いた。

「何か、お似合いだねぇ。あの美人の先生とぴったりじゃない」

「あ……」

ふっと腑《ふ》に落ちて、筧はその場に立ち尽くしてしまった。

〝そうだ……あの二人は……お似合いなんだ〟

長身で男前の神城の隣にふさわしいのは、小柄でちょこまかした自分ではなく……同じように長身で美人の……あの女医なのだ。

「どうかした？　タクシー待ってるよ？」

「あ、は、はい……っ」

守衛の声に、筧ははっと我に返った。

「せ、先生……っ」

「おう」

神城がこちらを向く。田島も同じタイミングでこちらを向いたのが、何だか嫌だった。

〝俺……この人、やっぱり嫌いだ……〟

いつの間にか、筧の感情は『好きじゃない』から『嫌い』にグレードアップしていた。


ヘリは呼び出しもなかったようで、最初に舞い降りたところで大人しく待っていてくれた。

「お疲れ。悪かったな。待たせて」

神城の労《ねぎら》いに、ヘリの操縦席に座っていたパイロットの真島はのんびりと答えた。

「どういたしまして。お疲れさまです、先生」

「おう」

「患者の搬送はなしですか？」

「ああ。石ヶ丘が引き受けてくれた。呼び出しはなかったか？」

「ええ。ついさっきも高杉《たかすぎ》さんに連絡取りましたが、大丈夫だそうです」

自販機で甘いコーヒーを買ってフライトエンジニアの有岡《ありおか》が戻ってきた。

「先生、コーヒーです。どうぞ」

「おう、サンキュ」

一仕事終わった後の神城は、いつも過剰な糖分をほしがる。頭と身体を使うので、糖分が足りなくなるらしい。

「じゃ、行きますよ」

神城と筧、そして、有岡がヘリに乗り込んだ。救急隊はすでに引き上げていて、現場監督だけが頭を下げて見送ってくれた。

「テイクオフ」

ヘリがふわりと浮き上がり、ぐんぐんと高度を上げていく。

「ほう……」

ヘリは病院に向かう。神城はコーヒーを飲みながら、窓から下を見る。

「桜が咲いてる」

「え？」

有岡が下を見る。川沿いの土手に桜並木があり、ふわふわとした淡いピンク色が見えた。まだ少し満開には間がありそうだが、十分に美しい。ピンクの綿菓子をぽんぽんと置いたようで、何だか心和む光景だ。空の色は薄紫で春霞がかかり、ふとこめかみを押しつけたガラスは、少し前には感じていた冷たさが緩んで、凍りつくような感じはしない。ちょっと熱っぽい肌には、気持ちいいくらいだ。

「ねぇ、筧さん、桜ですよ。ほら」

有岡に声をかけられても、筧は黙っていた。ぼんやりと見下ろしている桜はきれいだと思うが、それを言葉にするのが少しだるくて、何も言えない。

「菜の花も咲いてるな」

神城がご機嫌な声で言った。

「いつもはこんなの見る余裕もないもんなぁ」

「ですね」

真島が言った。

「私たちも何となくそんな気がしますよ」

「俺たちは患者さん見てるわけじゃないですけどね」

有岡が同意した。

「たまにはこういうフライトもいいですよね」

「まぁな。いつもいつもこうじゃ困るけどな」

神城がコーヒーを飲み干し、ふうっとため息をつく。どこか満足そうなため息だ。

〝何か……嬉《うれ》しそうだね〟

筧はずっと黙っている。もともとそんなに口数は多い方じゃないが、離陸してから、筧は一言も口を利いていなかった。これはめずらしい。声をかけられて、それを無視するタイプではない。しかし、今日は何だか口を利くことがひどく億劫《おっくう》だった。

〝お似合い……か〟

今まで、神城の隣に並ぶ女性は何人か見てきた。みなそれぞれに美しかったし、有能だったり、可愛らしかったり……筧がちょっと嫉妬《しっと》したくなるような人もいた。しかし、あれほど……田島理香子ほど、神城に似合う女性はいなかった。容姿も能力も何もかも彼にぴったりで、そして、彼と名前で呼び合って……とても親密だった。

〝先生は……もしかしたら、彼女を待っていたのかな……〟

神城は勘のいい男だ。無意識のうちに、彼女を待っていて、他の女性たちを自分の隣に置かなかったのかもしれない。置いたのは……筧だ。結婚という言葉が必要ない……筧だ。彼の面倒をきちんと見て、サポートできる筧を、神城は選んだ。

それを利用されたとは思わない。彼はそんな自分の得だけで動く計算高い人間ではない。だから、無意識なのだ。そして、それがたぶん、いちばん始末が悪い。

「降下します」

ふと気づくと、真島の声がした。いつの間にか、センターに着いていたらしい。筧は我に返り、下を見た。ヘリが戻ってくる音を聞きつけたのか、暇だったらしい立原《たちはら》が迎えに出ている。ほっそりとした長身が立ち尽くして、ぱたぱたと手を振っている。ようやく現実に戻って、筧は救急バッグを肩にかけ、降りる準備をした。

ACT 4.

からりと縁側《えんがわ》の引き戸を開けると、ふんわりと優しい風が吹き込んできた。

神城《かみしろ》の住んでいる家は、古民家一歩手前と神城が呼ぶ古い日本家屋だ。広い土地にゆったりと建てられた平屋で、部屋数も多い。

「華《はな》、凜《りん》、鈴《すず》、おいで！」

筧《かけい》の声に、庭で遊んでいた三匹の柴犬《しばいぬ》たちが走ってきた。白柴の華、黒柴の凜、赤柴の鈴。色とりどりの柴犬たちが元気に走ってきて、筧のそばできちんとお座りした。

「うん、いい子だね。もう少し遊ぶ？」

基本的に、犬たちは室内飼いだ。本来の住《す》み処《か》である筧の実家でも、室内飼いで散歩に出るか、ドッグランに行くくらいだった。筧の母がぎっくり腰になったことから、神城の家に預けられることになり、そのぎっくり腰が治ってからも、広い家と庭があるため、そのまま預かりになっている。その隙《すき》に、筧の母はゴマ柴の子犬を飼い始めてしまい、どうやら、犬たちと筧は、しばらくの間、ここに住むことになりそうだ。

犬たちはもう少し遊びたそうだ。目をきらきらさせて、筧を見ている。筧はふっとため息をつくと、縁側にしゃがみ込んで、犬たちの頭をぽんぽんと撫《な》でた。

「じゃあね、もう少し遊んでおいで。おうちに入りたくなったら、ここに来るんだよ」

利口な犬たちは、遊び疲れると縁側の沓《くつ》脱ぎ石のところで待っている。ここで足を拭《ふ》いてもらって、家に入るのだ。

「おーい、筧」

家の中から、神城の声がした。今日はめずらしいことに、二人共に休みである。明日の日勤帯から勤務に入るので、明日の朝まで自由の身だ。

「洗濯物、そろそろ入れた方がいいんじゃないのか」

「あ、ええ。そう思って、今庭に出ようとしていたところです」

今日はよく晴れて、洗濯物も乾いた。筧は庭下駄《にわげた》を履いて、洗濯物を取り込んだ。犬たちが足下に寄ってきて、じゃれついてくる。

「こら、そっちで遊んどいで」

両手いっぱいに洗濯物を持ち、縁側に取り込んでいく。今日はシーツも洗ったので、気持ちよく寝られそうだ。

「筧」

縁側に立って、庭を見ていた神城が声をかけてきた。

「今日の晩飯、外で食わないか？」

「外食ですか？」

犬たちは庭を駆け回っては、筧のもとに戻ってきてじゃれつく。あたたかい春が嬉《うれ》しくて仕方ないようだ。

「どこで？」

「うーん……どこがいいかなぁ」

「はい？」

沓脱ぎ石に座り、立ち上がって膝《ひざ》に乗ってきた凜の鼻面を撫でてやりながら、筧は顔を上げた。

「何か食べたいものがあるんじゃないんですか？」

「そうじゃなくてさ」

神城がにっと笑った。

「なぁ、筧。花見に行かねぇか？」

「はい？」

凜を撫でてやっていると、華と鈴も寄ってきた。華は縁側に前足をかけると、神城の方に向かって、くんくんと鳴いた。縁側にしゃがみ、その華の頭を撫でてやりながら、神城は言った。

「これから先は、しばらく休みが一緒にならねぇだろ？　次に休みが重なる頃には、桜は散っちまう。桜は年に一回だろ？　夜桜、見に行こうぜ」

「夜桜……ですか」

　さて、この近くに夜桜など見られるところがあっただろうか。凛を撫でながら考えていると、神城がひょいと華を抱き上げた。

「あ、足拭いてくださいっ」

「はいはい」

　華を抱いたまま、家の中に入り、神城は足を拭くための濡《ぬ》れティッシュを持ってきた。二、三枚取り出して、丁寧に足を拭いてやる。そして、華を抱っこして、縁側であぐらをかいた。

「なぁ、華ちゃんや。可愛《かわい》い深春《みはる》くんをどうやったら花見に連れ出せるんだろうな」

「べ、別に行きたくないなんて、言ってません」

　凛がまた遊びに行った。鈴とじゃれながら、庭を走り回っている。もともと大人しい華は神城に抱っこされてご機嫌でくんくんいっている。

「夜桜なんて、どこで見られるんですか？」

「美術館の庭だよ」

　神城があっさり言った。

「あそこにきれいなピンクの花が咲く桜の木がある。それが期間限定でライトアップされて、夜も庭には入れるんだよ。特に掲示もしないから、近所の人間しか知らないらしい」

「へぇ……そうなんですか」

美術館は『le cocon《ル・ココン》』のすぐそばにある。薔薇《ばら》が美しいのはよく知っていたが、桜もあったとは。

「でも、あそこだったら、何も外でご飯食べなくたって……」

言いかけて、筧は少し考えた。

「美術館の庭って……ベンチとかありましたよね」

そして、すっと立ち上がると家の中に入った。

「おい、筧？」

呼びかけながら、神城は抱っこした華の前足で遊ぶ。ずいぶん前に出た実家で飼っていたのは猫だった。あまり家に居着かない神城には懐いていない猫だったので、自分に懐いてくれる動物としては、この犬たちが初めてだ。一緒に暮らしてみると、自分以外のぬくもりがあるというのはいいものだ。それぞれに個性的な柴犬たちは可愛らしく、神城のいい遊び相手になってくれる。

「なぁ、華。深春くんは何してるんだろうなぁ」

神城がつぶやいた時、筧が戻ってきた。

「先生、夜桜見物に行きましょう」

妙にご機嫌である。

「筧？」

「お弁当作ります」

「はぁ？」

唐突な展開である。筧は遊んでいる犬たちを呼び寄せた。凜、鈴の順番で足を拭いてやり、部屋の中に入れる。

「今、美術館に電話して聞きました。お弁当を持っていって、庭で食べていいそうです。近所の方でそういう方もいらっしゃるそうです」

「お弁当か……」

筧は洗濯物を抱えて、部屋の中に入った。神城も華を抱っこしてついてくる。

「今、ご飯炊いてきましたから、おにぎり作って、後はおかずを適当に作ります。あ」

筧は振り返った。

「篠川《ささがわ》先生のみたいな豪華なお弁当は期待しないでくださいよ。卵焼きと鶏《とり》の唐揚《からあ》げ程度のお弁当ですから」

「十分だよ」

神城はにこにこしている。華をぎゅっと抱きしめて、ご機嫌だ。

「おまえが作ってくれるなら、何でもいい。で？　何時に出る？」

「そうですね……」

筧は少し考えた。

「これから、おかずを作って、おにぎり作ってですから……五時くらいでどうですか？」

「いいぞ」

神城はそろそろだっこに飽きてきた華をぽんと下ろしてやり、頷《うなず》いた。

「じゃ、それまで……」

「はい、洗濯物たたんでおいてください」

「へっ？」

唐突に命じられて、きょとんとしている神城に、筧は畳の上に置いていた洗濯物を抱え上げて、押しつけた。シーツにバスタオルもあるので、なかなかの量である。

「か、筧くん？」

「俺はお弁当作りで忙しいんです。もともと外で食べたいとおっしゃったのは、先生です。協力してください」

筧が同居してから、この家の家事はほとんど筧が担っている。神城も炊事以外の家事は、困らない程度にできるのだが、筧の方が手早く片付けてしまうので、ついついいろいろと任せっきりになっていた。

「……了解」

渋々答えると、筧はご満悦で台所方面に去っていった。


夜の美術館は、いつもならひっそりとしているのだが、今日はエントランスとカフェに明かりがついていた。芝生をきれいに敷き詰めた庭はライトアップされ、きちんと手入れされた芝が銀色に輝いている。

「……こんなところで、弁当開いていいのか？」

美術館の庭は広い。そこにきれいな枝垂れ桜が一本あった。ほぼ満開で、まるで長い袖《そで》をなびかせた振り袖姿の令嬢のようだ。

「大丈夫です。ほら、食べてる人いますよ」

青海波の風呂敷《ふろしき》で包んだお弁当を下げている筧が言った。確かに、桜を囲む形でいくつか置かれているベンチには、何組かのグループが座り、それぞれサンドイッチを食べたり、ビール片手につまみを食べたりしている。

「あ、あそこ空いてます。行きましょう」

確かに、近所の人でなければ知らないことなのだろう。こんなに美しいロケーションなのに、見物人は意外と少ない。

桜から少し離れたベンチに座り、二人の間に風呂敷包みを置いた。お茶もちゃんといれたほうじ茶を水筒に入れてきた。

「腹へったな」

神城が早速風呂敷包みを解きにかかった。中は、さすがに篠川の名物弁当のようなお重とはいかず、色気も何もないシール容器だが、筧なりにがんばったおかずがきちんときれいに詰められていた。おかずの入ったシール容器の下には、上手に三角に握ったおにぎりが、これもきれいにきちんと並んで、コンビニで買ってきた紙のランチボックスに入っていた。

「おにぎりの中身は？」

「変なものは入っていませんよ」

筧がパッケージに柴犬の写真がついた可愛いウェットティッシュを差し出してくる。

「梅干しとおかか、鮭《さけ》です。中身をちょこっとおにぎりのてっぺんにのせときましたんで、中身のご参考に」

「おまえ、気が利くな」

ウェットティッシュで手を拭いて、神城が梅干しのおにぎりを手にした。筧の実家からもらってきた梅干しだ。

「これ、昔ながらの酸っぱい梅干しでおいしいんだよなぁ……」

おかずは、まず鶏の唐揚げだ。酸っぱそうな顔をしておにぎりを食べながら、神城は割《わ》り箸《ばし》で鶏の唐揚げをつまんだ。

「……うん、うまい。ちゃんと味が肉にしみてる。おまえ、朝からこれ漬け込んだとか？」

「そんなはずないじゃないですか」

筧はおかかのおにぎりにした。細かいおかかに出汁《だし》醬油《じょうゆ》を混ぜたものをおにぎりの芯《しん》にして握ってある。

「下味は長く漬け込むより、手で揉《も》んだ方が味がしみます」

「へぇ……からっと揚がってるのに、中はしっとりだ」

「二度揚げするのがポイントなんです。低めの温度で一度揚げて、いったん網に上げて余熱で火を通してから、油の温度を上げて表面をからっと揚げます」

筧は母親からしっかりと料理を仕込まれているので、家庭のお惣菜《そうざい》的なものが上手《うま》い。

薄く粉をつけた鶏胸の唐揚げは市販品よりずっとおいしい。

「こっちはほうれん草のおひたしか……」

「おかかをまぶして、水分を止めます。これなら、お弁当に入れられるでしょ？」

「ふうん……」

漬物は蕪《かぶ》の塩揉《しおも》み。さっぱりとした箸休《はしやす》めになる。

「うっわぁ……卵焼ききれいだ……」

焦げの一つもない鮮やかな出汁巻き卵に、神城が声を上げる。

「先生、卵焼きって、甘い派ですか？　甘くない派ですか？」

筧はおかかのおにぎりを食べ、『あかり』の女将《おかみ》直伝の筑前煮《ちくぜんに》を口に入れる。

「俺はどっちでもいいぞ。うまければ。実家は……どっちなのかな。塩《しょ》っぱくはなかったから、甘い派なのかな」

筧の作った出汁巻きは、出汁の効いたさっぱりとした卵の甘みに、ほんのちょっと砂糖が入ったものだった。これも母のよく作っていた出汁巻きだ。

「うん、俺の好きな味だ。筧、何でおまえの作る料理って、どれもこれも俺の好みなんだろうなぁ」

「……知りませんよ」

鮭のおにぎりは、瓶詰の鮭茶漬けを使った。これは神城の好物で、新潟から取り寄せているものだ。一瓶三千円以上するなかなか贅沢《ぜいたく》なものであるが、スーパーで売っているのと違って、ぎっしり詰め込まれているので、食べでがある。これをあたたかいご飯にのせて、少しわさびをのせ、熱いほうじ茶をたっぷり注ぐと、飲んで帰った後にぴったりの軽食になる。

「もっと早く言ってもらえば、混ぜご飯とかお寿司《すし》もできたのに」

「え、おまえ寿司も作れるのか?」

「はい」

寛はあっさり頷いた。

「もちろん、にぎり寿司は作れませんけど、巻き寿司とお稲荷《いなり》さんは作れます。あと五目寿司も。今度作りましょうか」

「おまえ……何者?」

神城が、自分自身がよく言われていることを、寛に言った。寛は思わず笑ってしまう。

「母一人子一人で、ワーキングマザーを持てばこうなりますよ。特に、うちの母はあのとおり、料理好きでしたし」

神城と寛が、犬たちを引き取りに寛の実家に行った時、帰りは三匹の犬の他《ほか》に、たんまりと作り置きのお惣菜を持たされた。そのどれもがおいしく、神城の味覚に合ったのだ。よって、寛の作る食事も、すべてが神城の口に合う。もともと好き嫌いはない神城だが、何もかもがおいしいわけではない。むしろ、裕福な家庭で育っているだけに、いちいち文句は言わないだけで、口はおごっている方だ。その神城の口に合うのだから、寛はかなりの料理上手だ。

「今度、蒸し寿司作ってくれないか? あのほんのりあったかいやつ」

「京都のですか?」

水筒から二重にした紙コップにお茶を注ぐ。

「作れますよ。祖母が昔作ってくれました」

あたたかいお茶を飲みながら、筧は桜を見上げた。かえって、少し離れたところに座ったのが正解だったようだ。美しい枝垂れ桜全体を見ることができて、その壮麗な美しさが際立って見える。

「きれいですね……」

空は深い藍色《あいいろ》だ。小さな星がきらきらとその空いっぱいに輝いている。

「枝垂れ桜って……こんなにきれいだったんだ……」

薄紅色の花がいっぱいに咲いた振り袖がひらひらと揺れる。少し強く風が吹くと小さな花びらが散り、筧の膝の上にも舞って届く。

「染井吉野《そめいよしの》とか八重桜は華やかな感じでしょう？」

「……ああ」

「でも、枝垂れ桜って、もっと密《ひそ》やかって言うか……何か、ライトアップなんかしちゃいけない気がします」

両手で紙コップを持ち、筧はふうっと深く息を吐いた。

「桜って、もっと……こう華やかで、息ができないくらいの迫力があると思ってた」

「ああ……そうだな」

神城も頷いた。

「でも……これは少し違うな。もっと儚《はかな》くて……健気《けなげ》で……愛らしい」

筧が作った心づくしのお弁当は、きれいになくなっていた。神城は満足したように笑い、お茶を飲みながら、桜を見た。

「いいな……」

神城はコップを置くと、そっと手を伸ばして、筧の膝を撫でた。

「こんな花見も……いいな」

「……ええ」

筧はこくりと頷いた。優しく膝を撫でる神城の手をとらえ、自分の手の中に包み込む。

「飲めや歌えも悪くないですけど……」

「おまえ、そういう花見するのか？」

神城が軽く筧の手を揺する。彼は時々、こんな優しい仕草を見せる。そのたびに、筧の胸はきゅんと痛む。何だか幸せすぎて、胸が苦しくなる。幸せすぎて……切なすぎて、胸が苦しくなる。

「したことないです」

筧は正直に答えた。

「大学時代は、同級生が女の子ばっかりだったから、花見とか行ったことないですし、就職してからも同僚は女性ばっかり。俺、ハーレム願望ってないんです」

「ハーレム願望か」

神城が少し笑う。

「それは俺もないな」

神城は片手でさっとお弁当を片付けた。筧の背中に腕を回して、軽く引き寄せる。

「……ちょっと……っ、こんなところで……っ」

「誰も見ちゃいないさ」

神城は筧の耳元に顔を寄せて、低く言った。

「桜の時期は短い。あと一週間もすれば、花は散る。みんな、桜だけを見ている。誰も……こっちなんか見ちゃいないさ」

神城の腕が、筧を引き寄せる。

「俺は……おまえだけを見ているがな」

「何を……言っているんですか……」

ベンチの上で寄り添って、二人は満開の枝垂れ桜を眺める。

こんな風に、二人でのんびりと花見をする日が来るとは思わなかった。あまりに仕事に追われる毎日が充実していて、こんな風にゆったりと息をすることを忘れていた。お互いの体温を感じながら花を見上げていると、ふとまわりの音が消える。この世界にいるのは二人だけになって、そして、ふわふわと花が散る。

〝これで……いい〟

ここにいるのは確かに二人だけで、寄り添った肩に花びらが舞う。

〝今は……これだけでいい〟

篁は神城のしっかりとした肩にそっと頭をもたせかけて、静かに目を閉じた。


「髪、はねてる」

台所を片付け、風呂に入ってから、篁は神城が寝室にしている部屋に入った。和室にカーペットを敷き、ベッドだけを置いたシンプルな部屋である。神城はそのベッドに起き直り、のんびりと雑誌を読んでいた。

「明日の朝に直します。今直したって……またはねるし」

雑誌を置き、神城はブランケットと薄いふとんを開いた。

「来いよ」

篁はこの広い家で、二つの部屋をもらっていた。一つは折り畳み式のベッドを置いた寝室で、もう一つは小さな整理ダンスとハンガーラック、折り畳み式のデスクを置いた部屋だ。しかし、出勤の支度をする他に、篁がその部屋にいることはあまりない。神城がいる時は、茶の間で一緒に過ごすし、一人の時もノートパソコンを茶の間でいじったり、テレビを見たりしている。

そして、寝る時はほぼここで一緒だ。神城が夜勤の時も、筧は一人でこのベッドで眠ることが多い。寝心地は、自分の折り畳みベッドより格段にいいし、何より、彼の肌の微《かす》かな香りを感じることができて、安らかに眠れる。

「ボディソープ変えたんですね」

ベッドに潜り込み、枕《まくら》に横顔を埋めて、筧は言った。

「ミントのやめたんですか？」

「買いに行ったらなかったんだ」

神城がふとんに潜り込んできた。筧をそっと抱き、髪を撫でる。

「あれ、何の匂《にお》いだ？　結構いい匂いだよな」

「……ラベンダーって書いてありました。よく……眠れるらしいです」

「そうか？」

神城の手が筧を引き寄せ、優しく背中を撫でた。

「でも……まだ眠らなくていいだろ？」

「……はい」

自分の胸の中に筧を抱き寄せ、洗い立てのパジャマのボタンを外していく。すべすべの滑らかな胸を撫で、ゆっくりと肌の上で手を滑らせて、パジャマの上着を脱がせながら、きゅっと抱きしめる。

「この……ボディソープ、すごく手触りがよくなるな。肌が……すべすべだ」

「……気持ちいい……」

彼に肌を撫でられるのが好きだ。彼の手は大きくて、あたたかい。筧の柔らかい肌を撫でながら、パジャマを脱がせ、するりと下着を下ろして、すべすべとした裸の身体《からだ》をシーツに沈めた。

「シーツ、洗い立てだから、少しごわごわしてる」

筧はくすくすと笑った。

「でも……お日様の匂いがする」

「おまえも……いい匂いがする」

少し日焼けした首筋に顔を埋めて、神城は囁《ささや》いた。

「おまえの肌……いい匂いがするよな。それに……柔らかい」

「あ……っ」

滑らかな胸にぷくんとふくらんだ小さな乳首を、彼の指が軽く弾《はじ》いた。

「いや……ここはもう固い……かな」

「……っ」

すっと胸に顔を伏せて、軽く乳首に歯を立てる。筧はびくりと胸を反らせて、思わず神城の髪を抱きしめる。

「ああ……ちょうどいい……歯ごたえだ」

「何……言って……っ」

かりっと軽く噛《か》まれ、びくりと肩を震わせたところで、きゅっときつく吸われて、筧の喉《のど》が仰《の》け反《ぞ》る。

「……おいしいな……」

「嘘《うそ》……ばっかり……」

「嘘じゃない」

指先で軽く乳首を揉みしだきながら、唇にキスをする。

「おまえは……どこもかしこもおいしいよ……。唇も……おいしいし」

指先で、軽く唇を開かせる。

「舌を……出して」

「…………」

「いい子だ……舌を……出してごらん」

おずおずと舌先を出すと、神城の熱い舌先が絡んできた。そのまま深いキスをして、固く抱き合う。神城の髪に指を埋め、しっかりとした肩先を撫で、滑らかな広い背中に爪《つめ》を立てた。

「ん……ん……っ」

甘い舌を味わい、お互いのあたたかい肌を手のひらで楽しむ。

「……キスがうまくなったな……」

唇を軽く指先で拭《ぬぐ》って、神城が笑った。眼鏡を外した彼の顔は、インテリっぽさが薄くなって、男っぽい野性味の強い顔になる。

「舌の使い方が……上手になった」

「教え方が……うますぎるんです……」

彼の背中に腕を回し、そっとしがみつく。両足を開き、軽く膝を立てて、柔らかい内股《うちまた》で彼の身体を挟み込む。

「それに……誘い方も大胆になってきた」

頬《ほお》を撫でられ、軽くキスをされた。そして、大きな手が頬から首筋、肩へと滑り、背中を回って、細い腰を引き寄せられる。両手できゅっと締まった丸いお尻《しり》を抱き上げられ、やわやわと揉みしだかれた。

「あ……ん……っ」

どこを触られても、肌が熱くなる。すべすべと滑らかだった肌がしっとりと汗ばみ、彼の手を引き寄せる。

「……声も色っぽくなった」

「色っぽく……なんか……っ」

「そんな風に……吐息混じりにうわずるところが可愛い……。そして……」

彼の手がゆっくりと筧の内股に滑り込み、さらに大きく開かせる。恥ずかしがる可愛らしい蕾《つぼみ》に指先をかけて、きゅうっと押し広げた。

「あ……ん……っ！」

「うん……そんな声も色っぽくて……煽《あお》られる」

やわやわと熟し始めた果実を撫で上げ、かすれた吐息を引き出される。

彼にすっぽりと抱かれて、少し強引に愛撫《あいぶ》されるのが好きだ。愛されているという実感がひたひたと寄せてきて、より肌が熱くなる。

「ん……う……ん……っ」

鼻にかかった甘い声。彼の手に手を重ねて、自分を高ぶらせていく。

「気持ちよさそうだな……」

「うん……」

夢見心地で頷く。

「もっと……触って……ください……」

「ああ……」

頰に軽くキスをしてから、ぐいと、甘い果汁をしたたらせ始めたものをきつく愛撫する。

「あ……っ！」

瞼《まぶた》の裏が真っ白になった。腰が自然に持ち上がってしまう。両足を広げ、ほっそりと締まった腰を持ち上げて、深く愛し合う形を取る。日に焼けていない白く柔らかい肌にぽとぽとと熱いしずくがしたたる。

「……ん……っ！」

ずくりと彼の楔《くさび》が押し込まれてくる。その時だけは微かに眉根《まゆね》が寄ってしまう。そこに彼がキスをしてくれる。

「……愛してる」

「ん……あ……あ……っ」

「愛してる……深春……」

「あ……ああ……っ」

びくりと身体が跳ね上がる。いちばんいいところに彼が届いて、そして、筧を深く所有する。

「あ……っ！　ああ……っ！」

声を上げてしまう。彼が好きだと言ってくれた……色めいた声を。いつもの筧の声より

もずっと高くて、鼻にかかって、したたるように甘い。

「あ……ああ……ん……っ！　そこ……好き……っ」

最初はただ激しくて、少し怖かった情交が、今は甘くて、気を失いそうになるくらいの快楽をくれる愛の行為だ。

「そこ……好き……好き……ああ……いい……っ！」

「ああ……おまえ……最高だな……」

いつも知的に響く彼の声が、情欲に濡れて、筧の耳たぶを愛撫する。

「最高に……気持ちいい……身体だ……」

理性なんてかなぐり捨てる背徳の行為は、どうしてこんなにも快楽が深いのだろう。汗にぬめる背中を抱きしめて、筧は半分意識を飛ばす。自分がどんなに恥ずかしい姿で彼と交わっているのかわからない。ただ……彼と犯すこの罪は、どこまでも甘くて熱く、二人の身体を深く結びつける。

「あ……っ！　あ……っ！　ああん……っ！」

続けざまに突き上げられて、悲鳴に近い高い声を振り絞る。

置いていかれないように。彼と一緒に……。

「い……いく……っ」

限界が近い。シーツをつかんでも、枕をつかんでも、もうこらえきれない。彼に激しく揺さぶられて、もう気を失いそうだ。

「だ……だめ……そんな……奥ま……で……っ」

「深いところが……好きだろう……？」

高くお尻を抱き上げられて、思い切り奥を突かれる。

「あああ……っ！」

彼の背中に爪を立てて、思い切り仰け反る。身体の中が溶けるほど熱いものに濡らされて、全身が軽く痙攣《けいれん》してしまう。

「はぁ……はぁ……ああ……」

息を乱して、ぐったりとシーツに身体を投げ出すと、彼がすっぽりと抱きしめてくれた。

「……すごく……」

息を弾ませながら、彼の腕に甘える。

「すごく……よかった……」

「ああ……」

彼の手がするりと、すべすべとした筧のお尻をいたずらに撫でた。

「あ……っ」

「……まだ……時間早いよな……」

ちゅっとまだコリコリと固い乳首を軽く吸う。

「あ……やだ……っ」

「もう一ラウンド……いけるだろ？」

「え……っ」

きゅっと抱きしめられた後に、シーツの上にふわっと下ろされ、うつぶせにされた。

「……後ろ……から……？」

まだ力の入らない腰を抱き上げられ、体位を変えられる。

「……嫌いじゃないだろ……？」

耳の後ろにキスをされる。少しきつめに吸われて、ひくりと喉が鳴った。

「痕《あと》……つけないで……ください……っ」

「心配すんな。痕をつけるのは……俺しか見えないところにするから」

意外に繊細な指が、筧の足の付け根を軽く撫でる。白いお尻がひくりと震えた。

「……何……するんですかぁ……」

「このへんなら……いいだろ？　それとも……太股《ふともも》とか？」

「何……すけべ笑いしてるんですか……」

後ろから手を回して、しとどに濡れている果実を握り込まれる。軽く揺すられて、声が出た。

「あ……っ」

「……よし、もう一回……いや二回くらいいけそうだな……」

「何……言って……ああ……ん……っ！」

　後ろから足を大きく開かされて、入れられる。眉根を寄せる間もなく、深く犯されて、悲鳴を上げてしまった。

「や……やだ……ぁ……っ！」

　拒んでいるのは言葉だけ。身体は受け入れて、深く深く彼を食《は》む。揺さぶられるリズムとは別のリズムでいつの間にか身体は動き、より深い快感に自分と……彼を導いていく。

「あ……あ……あ……っ！」

「まったく……覚えのよすぎる……身体だ」

　ぽたりと彼の汗が、筧の背中に落ちた。


　神城の寝室には、カーテンがない。もともと和室なので、障子が立てられていて、朝になると柔らかい白い光が部屋に溢《あふ》れる。

「……もう目を覚ましたのか？」

　筧が天井を眺めていると、隣で寝返りを打った神城が低い声で言った。

「まだ早い。寝ないと……もたねぇぞ」

「……ええ」

筧は頷くと目を閉じた。神城の優しい腕がそっと伸びて、筧を後ろから抱く。

彼とこうして眠るのは好きだ。たとえセックスをしなくても、こんな風に寄り添い合って眠ると、彼を独り占めしている気がして……ほっと安心できる。

いつも不安だ。彼を愛していることに自信はある。自分以上に彼を愛しているものはいないと思っている。でも、不安になる。彼は……自分ほど愛してくれているだろうか。もしかしたら、もっと愛している人がいるのではないだろうか。

「深春」

甘く囁く声。

「いい子だから……寝ちまえ」

あなたを信じられたらいいのに。

あなたと……一つになっている時を信じられたら、いいのに。

ACT 5.

四月になった。桜は散り始め、すでに緑の香りが濃い。

「春はね……」

南《みなみ》がシンクで洗い物をしながら、ふうっとため息をついた。

「何か、落ち着かないよね……」

「何でですか？」

そばに立ち、洗い終わった器具をタオルで拭《ふ》きながら、ナースの藤原《ふじわら》がのんびりとした口調で言った。

「別に仕事は変わらないと思いますけど」

「うちはそうでもないけど……新入職員とか実習生とか来るじゃない？　いつもどおりに仕事はできなくなるよね」

南がため息混じりに言う。

「そうなんですか？」

スローモーながら、だいぶ仕事には慣れてきたが、これは生来の性格なのか、鈍感なのかは相変わらずの藤原である。しかし、筧《かけい》はすでに指導係を離れ、師長の叶《かなえ》の采配《さいはい》なのか、仕事上でもあまり彼女に関《かか》わらずにすんでいた。だから、以前はイラッときた彼女の言動も、心静かに聞くことができる。

「みんな」

パンッと手を叩《たた》く音がした。これはセンター長の篠川《ささがわ》が注目を集める時の癖だ。

「手を止められるものだけ注目して。それ以外のものは耳だけ貸してもらえばいい」

篠川は後ろに何人かを従えているようだった。

「今日から研修医が入る。ほとんどは病院の方に入るが、こちらにも夜勤含めて来てもらうこともある。一応、顔は見知っておいてくれ」

筧は回診車のそばにしゃがんで、下段に積んである包帯を補充し、滅菌ガーゼの期限を確認していた。

〝あ、これ、もうじき期限切れだ。さっさと使っちゃわなきゃ……〟

滅菌ガーゼはカストのものから使うので、パッキングされた予備のものは、気をつけていないと期限切れになってしまう。期限が切れたものは、再滅菌すると色が変わってしまうので、パッキングを開けて、不潔のものとして使う。医療上の不潔は一般的な不潔とは、概念が違う。決して汚いのではなく、滅菌されていないということだ。見た目は十分にきれいなので、傷に触れない部分の血液を拭き取ったりするのに使う。

「……以上だ。そして」

篠川の声が続いている。四人の研修医を紹介し、最後の一人を紹介するところだった。

「最後はうちへの研修を希望してきた物好きなドクターを紹介する。研修期間は三ヵ月。まぁ、仲良くやって」

「初めまして……でもないんですけど」

篠川のはっきりとした滑舌の良《い》い声の後に聞こえてきたアルトに、筧ははっとして顔を上げた。

「おはようございます。聖生会石ヶ丘《せいせいかいいしがおか》病院整形外科の田島《たじま》です」

〝嘘《うそ》……〟

五人の研修医たちの中で、異彩を放つ存在感を見せていたのは、やはりあの女医だった。すらりとした立ち姿、短めのタイトスカートに低いパンプス、ふわりと羽織った長白衣。そのままドラマに出てきそうな美人女医がそこにいた。

「石ヶ丘病院には、救命救急部はありませんが、救急車の受け入れはしています。私は整形外科医ですが、救急医療を深く学びたいと思い、研修を希望しました。短い間ですが、よろしくご指導お願いいたします」

筧の手から、ガーゼの束が落ちた。

〝な、何やってんだ、俺……〟

慌てて、ガーゼのパックを拾い上げる。その手が震えていることに、筧自身がいちばん驚いていた。

「筧くん？」

南がしゃがみ込んだままの筧に声をかけてくる。

「どうしたの？」

「…………」

まるで身を隠すように、筧は回診車の陰にいた。

〝何で……何で？　何で、あの人が……〟

「それで」

田島の声は続いていた。

「もしも、この研修で救命救急がたまらなく好きになったら、井端《いばた》先生みたいに転科しちゃうかもしれません」

〝な、何ぃ……っ〟

「よろしく」

「……あんまり、救命救急を甘く見てほしくないね」

どんな時でも空気を読まない篠川が、田島の軽口に突っ込んだ。

「うちでがっつりやるつもりなら、そのミニスカと白衣はやめてね。ストレッチャーの上に乗っかって、心マやることもあるんだよ。その短いスカートでできる？」

「さ、篠川先生……っ」

良識派の救命救急医宮津《みやつ》晶《あきら》が慌てて篠川をなだめる。純情っぽい立原《たちはら》が耳を赤くしているのが可愛《かわい》い。

「あの……その突っ込みは……」

「井端先生」

宮津をきれいさっぱり無視して、篠川は田島と同じ石ヶ丘病院から赴任してきた女医の井端を呼んだ。

「はいっ」

「同じ女医さんのよしみで、面倒見てやって。それと、その格好はマジいただけないから……叶師長」

「はい、篠川先生」

しずしずと美人師長が顔を出す。

「何でしょう」

「スクラブ余ってるでしょ？　サイズ見繕って、着替えてもらって。僕、医者のパンチラは女医さんでも、男の医者でも見たくないから」

つけつけと言い、篠川はもう一度パンッと手を叩く。

「じゃ、そういうことで。解散」

篠川はさっと言い捨てると、田島をのぞく研修医たちに病院に戻るよう促し、田島にはすっと叶が近づいた。と、そこに大股《おおまた》に寄ってきたのは、神城《かみしろ》だった。

〝え……〟

「よう、理香子《りかこ》……じゃない、田島先生」

聞きたくなくてもよく響いてしまう神城の声。筧はふわふわとしそうになる足に力を入れて、ようやく立ち上がった。神城はいつものように闊達《かったつ》な口調で言った。表情もいつもどおり……いや、いつもよりどこか嬉《うれ》しそうな気がした。

「何とか来たな」

「ええ、だいぶ渋られたけどね」

田島が苦笑しながら言った。

「井端先生みたいに完全転科の上の異動ならいいけど、お試しは迷惑だって、はっきり言われたわ」

篠川なら、そのくらいのことは言いかねない。

「神城先生の取りなしがなかったら、とても受け入れてはもらえなかった」

「え？　そうなんですか？」

そばに来ていた井端が大きな目を見開いた。

「神城先生が？」

「さすが副センター長ですねぇ」

立原が感心したように言う。

「俺だって、ここに来るのは大変でしたよ」

「あら、そうなの？」

田島が小首を傾《かし》げる。

「えーと……立原先生？」

立原の胸のプレートを見ながら、田島が言った。

「先生はどちらから？」

「俺はT大付属の救急科からです」

立原がぺこんと軽く頭を下げる。田島が感心したように頷《うなず》いた。

「救急科ってことは、あなた生え抜きかしら」

「はい」

生え抜きとは、この場合、他科からの転科ではなく、最初から救命救急医を目指すことを指す。

「俺、最初はドクターヘリの研修ってことでお願いしたんですけど、けんもほろろでしたよ。だから、大学に掛け合って、完全移籍にしてもらったんです。篠川先生はセンターに負担をかけることを極端に嫌がられるようですねぇ」

立原がのほほんとした調子で言った。

「まぁ、ここは人が足りねぇからな」

神城が少し笑いながら言った。

「だからな、研修とは言え、しっかり働いてくれよ。そうでねぇと、おまえさんを即戦力って言って押し切った俺の責任問題になるからな」

「はいはい、了解」

田島が頷いた。

「私もお客さんになる気はない。しっかり働かせていただきます」

「それでは先生、とりあえずロッカーにご案内します」

叶が妙にタイミングよく口を挟んだ。

「はい」

田島はいい返事をした。

「では、がんばりますので、よろしくお願いいたします」

ぺこりと田島が頭を下げると、神城が頷いた。

「歓迎する」

センターで診るのは、救急車ばかりではない。むしろ、救急車は全体の一割から二割程度で、それ以外は救急外来に自力で受診する患者だ。センターは病院にはない総合外来的な性格を持っており、病院の診療時間内でも、どこにかかっていいかわからないというような患者や、病院の診療に納得できない患者が訪れる。そんな患者たちを、日勤帯は三診体制で診る。

「筧くん」

今日の筧は、日勤で救急外来三診の介助に入っていた。

「はい」

今日の三診は井端の担当である。センターでは宮津の次に若く、どこかおっとりしたところがあって、救命救急医として大丈夫なのかと思うこともあるが、その優しいところと女医ということもあって、女性や子供の患者に人気が高い。

しかし、今診察医師用の椅子《いす》に座っているのは、井端ではなかった。

「CT使えるかしら。頭部CT、造影ありで」

少しハスキーなアルト。着ているものは、篠川に叱《しか》られてから、他《ほか》の医師たちと同じようなスクラブになった。

「CT室に聞いてみます」

筧はすぐにポケットに入れていたPHSで、センターのCT室に連絡を取った。

〝何で……俺が担当になるかなっ〟

診察用の椅子に座っているのは、田島だった。井端はもう一つ丸椅子を置き、田島の近くに座っている。

筧はあまり井端と組むことがない。ナースのシフトを作っている叶が考慮しているのか、井端の希望なのか、センター唯一の男性ナースである筧は、女医である井端と組むことは少なかった。しかし、それが田島が井端とセットになった途端、組むことになってしまった。できることなら、田島には近づきたくない筧なのに。

「あ、筧です。お疲れさまです。えーと、頭部CT造影ありでどうでしょう……はい……はい、わかりました。またご連絡します」

筧は田島の視線を感じながら、いったん電話を切った。もしセンターのCTがだめだったら、病院の方に聞いてみるだけだ。センターにはCTは一機しかないが、病院には二機ある。頭部だけだったら、何分もかからないので、ちょっとした隙間《すきま》に突っ込ませてもらおう。

筧は病院の方のCT室に電話をかける。

「……センターの筧です。お疲れさまです。頭部CT造影ありで一件、突っ込ませてもらえませんか？　うちの方、今ＩＶＲに入っていて……あ、ありがとうございます。では、すぐにご案内します。ありがとうございます」

筧は田島に振り返った。

「病院の方が使えます。すぐ来てくれればできるそうです」

「ありがとう、筧くん。じゃあ、患者さんを……」

「はい、ご案内します。こちらへどうぞ」

筧は頭痛で来院した患者を車椅子に乗せた。

「えーと……」

筧は外来ブースを出て、周囲を見回した。手が空いているスタッフを探すと、叶がすっと寄ってきてくれた。

「どうなさったの？　筧さん」

「あ、師長。あの、病院の方のＣＴに患者さんをご案内したいのですが……」

「じゃあ、私がご案内するわ。指示の方はカルテに入っているのかしら？」

「はい」

こういう時、叶は頼り甲斐《がい》がある。目配りが利き、患者対応も完璧《かんぺき》だ。叶に患者を託して、筧はブースに戻った。

「叶師長にお願いしました」

「ありがとう」

田島が答える。

「筧くんって、有能ね」

「……そんなことないです」

筧は田島の方をあまり見ずに答えた。

「次の患者さん、お入れしますね」

「忙しいのね」

田島は笑いながら、電子カルテの画面を切り替えた。

「どうぞ」

「はい」

田島の患者さばきは、さすがに整形外科医として普段から外来を診ているだけあって、不自然さもなく、堂に入ったものだった。井端と話しているのを聞いていると、石ヶ丘病院では内科系、外科系関係なく当直をしているとのことで、整形外科医である田島も、当直時には内科疾患も診ているらしい。

「田島先生、私より堂々としているみたい」

井端が苦笑している。

「研修なんていらないいんじゃないですか？」

〝そう……だよね〟

ポケットの中に入れている端末を見て、筧はそっとブースを出た。患者を呼び込むためだ。

〝あの人は何のためにここに来たんだろう……〟

たぶん、石ヶ丘病院で勤務する分には、彼女の技量は十分だろう。救命救急部を持たない石ヶ丘病院に、センターのような重症患者は来ない。今さら研修が必要とは思えなかった。その彼女が、神城に口添えを頼んでまで、ここに来た。

「なぜなんだろう……」

「筧くん？」

ブースの横引きの扉を閉めたところでため息をついていると、そばを通りかかった立原がきょとんと首を傾げていた。

「どうしたの？」

「あ、いえ……」

救命救急医の立原光平《こうへい》は、身長こそ神城と見劣りしないほどの長身だが、体格はひょろっとしている。のんびりとした口調と優しい感じの顔立ちから、癒《い》やし系《けい》と言われている。

「今日はそっち？　誰と？」

立原は初療室の担当らしい。一仕事終えたところらしく、きれいなブルーのスクラブ姿で、長白衣は羽織っていない。

「井端先生です。今、次の患者さんを呼ぼうと思って」

「井端先生ってことは、田島先生とセットだよね」

立原がふにゃっと笑った。

「女医さんコンビか。華やかでいいね」

「……はぁ、そうなんでしょうか」

普段、女性ばかりのナースの中で仕事をしているせいか、筧には女性イコール華やかという認識は少ない。対して、医師の世界はまだまだ男性が圧倒的に多い世界だ。その上、救命救急という体力的にも厳しいところは、特に男性比率が高い。センターも、女医は井端一人だ。病院からの応援には女医もいるが、専属は井端一人である。

「田島先生、このままセンターに来てくれないかなぁ」

立原がにこにこと言うのに、筧は少しぎょっとして、立原を見上げた。

「どうして……ですか？」

「だって、人足りないでしょう？　そこに即戦力が来てくれたらいいじゃない？」

立原はのほほんと言う。

「それに、田島先生って、救急向きだと思うよ。救命救急医って、俺みたいなのんびりタイプより、田島先生みたいなバリバリタイプの方が向くと思うんだよねぇ」

「先生、のんびりなんてしてませんよ……」

立原はおっとりしてはいるが、言うことは言うし、仕事はしっかりしている。これでヘリに乗れるようになれば、センターとしてはかなり助かるとは、神城の評価だ。

「それに……田島先生がバリバリタイプとも思いません」

「あれ」

立原がびっくりしたような顔をして、筧を見ている。

「もしかして……筧くん、田島先生苦手？」

「え……っ」

立原の穏やかな目が筧を見つめていた。立原の瞳《ひとみ》はきれいな薄茶色で、透き通るような色合いをしている。

「いや、そんなことは……」

「筧くん」

立原がまたふにゃっと笑った。

「大丈夫。神城先生とられたりしないから」

「え……っ」

「立原先生っ」

初療室から、立原を呼ぶ声がした。

「こちら、お願いしますっ」

「はーいっ」

立原が元気よく返事をした。

「じゃあね、筧くん」

「あ、あの……っ」

見た目はのんびりしている立原だが、意外に人を見る目は鋭いのだろうか。

〝もしかして……バレてる……とか〟

神城と筧の同居は職場にバレているが、二人が恋愛関係にあることは、篠川だって確証は持っていないと思う。

〝ないない〟

筧は立原の後ろ姿にぺこんと頭を下げると、さっと受付の方に向かった。


「CTは異常なしですね」

病院に行き、頭部CTを撮っていた患者が戻ってきた。二十代の男性患者だ。激しい頭痛で来院したのだが、頭部CTは異常なしだった。

「うーん……熱発してるし、風邪かなぁ」

CTの前に座薬を入れたせいか、CTから戻った患者は少し楽になったと言っている。

「筧くん、血液の結果は……」

「タブがあります。検査タブを見てください」

筧は冷静な口調で、電子カルテの画面を指差した。

「あ、ありがとう。……ワイセ５８００、CRP１・２か……大きな問題はないなぁ」

田島が考え込んでいる。

「でも、sickだよねぇ……」

sickとは、検査値などのわりに重症感が漂うことを言う。

「ちょっとごめんね」

田島は両手を出して、患者の首のあたりを触った。繰り返し触診をする。

「頸部《けいぶ》硬直はなし……Kernigサインも Brudzinskiサインも陰性……」

〝ああ、髄膜炎を疑っているんだ〟

しかし、確信が持てないのだろう。どうしようかと迷っている。

〝神城先生なら……〟

無意識にふと神城の姿を思い浮かべてしまい、筧ははっと我に返る。

〝いかんいかん〟

センターにいる以上、さまざまな医師たちと接する。第二病院にいた頃と違い、神城と常に一緒にいるわけにはいかない。そんなことはわかっているし、センターに来てからそれなりに時間も経《た》っているので、身体《からだ》にもしっかり馴染《なじ》んでいると思ったのに。

「ちょっといいですか？」

井端がそっと言った。可愛らしい井端とバリキャリ美人の田島とでは、どう見ても井端の方が研修っぽいが、救命救急医であるのは井端の方だ。

「ルンバール（腰椎穿刺《ようついせんし》）した方がいいと思います」

「え？」

田島が井端を見た。井端はきっぱりとした表情をしている。可愛らしい井端だが、そんな顔をすると凛々《りり》しい感じがする。

「傾眠傾向が見えます。細菌性髄膜炎の可能性が高いです」

筧はさっと患者のそばに寄った。

「あの……眠いですか？」

そっと聞くと、患者がこくりと頷いた。

診察介助のナースの仕事は、文字どおり、医師の診察を助けることだ。意思を汲み取《くと》り、診察が効率よく進むように介助する。

「何だか……具合悪くなってから、眠くて……」

「だから、寝てればいいって言うんですけど」

付き添ってきた母親らしい女性がぶつぶつと言った。しかし、井端はすっと立ち上がった。

「筧さん、ルンバールの準備してください。田島先生」

「ええ。私がやります」

井端は車椅子に座っていた患者を助けて、診察用のベッドに横にした。筧はブースを出て、回診車を取りに行く。

「どうした？」

回診車は何台か並んで、初療室に置いてある。さっと積んであるものを確認してから、筧は滅菌グローブや滅菌スピッツ、穿刺針を取り、回診車を押して、ブースに戻ろうとした。

「あ、ルンバールです。細菌性髄膜炎の疑いで」

声をかけてきたのは神城だった。ちょうど隣のブースから出てきたのだ。

「へぇ。大丈夫か？　誰がやる？」

筧が井端についているのを知ってか知らずか、神城が言った。筧はちらりと神城を見てから答えた。

「……田島先生です」

「田島先生か」

　さすがに、田島がセンターに来てから、名前呼びは控えているようだ。

「早速大活躍か」

「でも、細菌性髄膜炎を疑ったのは、井端先生ですので」

　筧はひんやりとした声音で言った。

「田島先生は迷われていて、風邪として帰すことも考えられていたようです」

「おいおい、きっついなぁ、筧」

　神城が苦笑しながら、筧の頭をぐりぐりとした。

「田島はまだ救命救急に慣れていないんだ。優しくしてやれや」

「俺はナースです。ドクターに優しくする立場ではありません」

　筧はすっと頭を下げると、ブースに戻り、ぴしゃりと扉を閉めたのだった。


『le cocon《ル・ココン》』は、住宅街の中にあるカフェ＆バーである。しかし、看板は一切出さず、開店の印はドアにつける小さなベルだけ……という、やる気のない営業姿勢のため、その名のとおり、隠れ家的バーの立場を守っている。

「いらっしゃいませ」

ドアを開けると、マスターである藤枝《ふじえだ》の静かな低い声が迎えてくれた。柔らかい物腰のマスターは元救命救急医という変わり種だ。

「こんばんは」

筧は羽織っていた薄手のコートを脱いで、カウンターから出てきた藤枝に渡した。

「いらっしゃいませ」

カウンターの奥から、しっとりとしたとびきりの美声が聞こえた。この店で、藤枝以外にこの言葉を口にするのは一人だけだ。ひょいと首を出してのぞくと、やはり、カウンターのいちばん奥に、この店のオーナーである実業家、賀来玲二《かくれいじ》が座っていた。業界一と言われる辣腕《らつわん》ぶりを誇る実業家は、とんでもない美貌《びぼう》の人だ。おっとりとした口調で話す優しい人だが、その手腕は大したもので、このバーを入れて七店舗を経営し、うち二店舗はミシュランの星持ちである。

「こんばんは、賀来さん」

筧は招かれるままに、賀来の隣に座った。美貌の実業家は、筧の勤める聖生会中央病院救命救急センターの長である篠川のパートナーであり、副センター長を務める神城の学校時代の後輩だ。そんな縁で、筧も雲の上のこの人と近しくつきあわせてもらっている。

「何にいたしましょう」

カウンター内に戻った藤枝が言った。筧は少し考える。

「フルーツを使ったのが飲みたいです」

「わかりました」

藤枝はカウンターの下を少し眺めてから答えた。

「では、フレッシュオレンジを使ったバレンシアを差し上げましょう」

バレンシアは、アプリコットブランデーとオレンジジュース、オレンジビターズをシェイクしたカクテルだ。ロックグラスにカクテルを入れると、オレンジの皮をくるりと剝《む》いたものを飾って供された。オレンジジュースはフレッシュオレンジの皮をナイフできれいに剝き、柔らかい実をふきんで包んで搾ったものだ。

「いい匂《にお》いがする」

筧はきれいな色のカクテルに釘付《くぎづ》けだ。もともと果物好きである。

「意外に度数はありますから、ゆっくり飲んでくださいね」

藤枝が優しく言った。筧があまりアルコールに強くないことを知っているからだ。

「ロングドリンクです。ゆっくり飲んでいただいて大丈夫です」

そして、つまみ代わりにと、柔らかいチーズを塗った、カリッと焼き上げた薄いバゲットを三枚くらいお皿に入れて、置いてくれた。

「……神城先輩と同居なさってるんですって？」

藤枝が他の客の前に行くと、おもむろに賀来が言った。

「はい」

カクテルを一口飲み、おいしい……とつぶやいてから、筧は頷いた。

「実家の犬たちと一緒に。俺は犬たちの世話係です」

「そんなことないでしょう」

賀来がくすくすと笑う。彼はいつものようにアメリカン・フィズを飲んでいる。ドライジンとブランデー、レモンジュースとグレナデンシロップのアメリカン・フィズは淡いオレンジ色のカクテルだ。それを賀来はいつもこの席で飲んでいる。

「神城先輩は本人が言っているほど豪放磊落《ごうほうらいらく》なタイプではないですよ。意外に繊細なところもあるし、一匹狼《いっぴきおおかみ》の性格がある人です。その神城先輩が受け入れたのですから、よほどあなたを気に入っているのだと思いますよ」

「そんなこと……ないです」

筧はぱりっとパンをかじった。意外に塩気の効いたチーズが甘めのカクテルに合う。

「あの人にとって、俺なんて犬と一緒ですよ。撫《な》でとけばいい的な……」

「犬と一緒なら、なお大事じゃないんですか？」

自らも犬飼いである賀来が真面目《まじめ》な顔で言った。

「うちのお嬢たち、聞き分けいい方だけど、結構難しいですよ。二匹とも性格違うから、片っぽが機嫌よくても、もう片っぽが機嫌悪かったり」

「スリちゃんとイヴちゃん、機嫌悪いことなんてあるんですか？」

賀来の飼い犬は、スリジェールとイヴェールという名前の二匹のコーギー犬だ。どちらもにこにことした感じの顔立ちが可愛らしい子たちだ。

「あります。もちろん、無駄吠《ぼ》えしたり、嚙《か》みついたりはしないけど、ふんっていう顔してることがあります。スリの方が多いかな。イヴは感情の波の少ない子だから」

「うちの華《はな》……白柴《しろしば》なんですけど、華がそのタイプですね。いちばん大人しくて、人なつっこいです。先生……神城先生にもいちばん懐いています」

「犬、三匹でしたっけ」

賀来に尋ねられて、筧はこっくり頷いた。

「柴犬ばっかり三匹です。母が無類の柴犬好きで。決して飼いやすい犬じゃないですけど、やっぱり可愛いですよね」

筧は目を細めて笑った。

「俺、賀来さんちのわんちゃんたち見て、犬がほしくてたまらなくなったんです。そりゃ、実家に帰ればいますけど、今の仕事している限り、なかなか実家には帰れないし。だから……神城先生のお申し出はありがたかったんです。犬と一緒に暮らせるし」

「それに」

賀来がいたずらっぽく言う。

「先輩と一緒に暮らせるし」

筧は自分が耳まで赤くなるのがわかった。

「……それはどうでもいいです。俺と先生は、賀来さんと篠川先生みたいな感じじゃないんです。先生も言ってましたけど、合宿っていうか……」

「でも、先輩と暮らすの、楽しくない？」

賀来が優しい声で言った。

「先輩、楽しい人でしょう？　寮でも人気あったんですよ。学校生活だけでは見られない顔が見られるから、寮って」

「それは第二病院の寮にいた頃にたっぷりと」

筧はあははと乾いた笑いを浮かべた。

〝基本的に、生活面で言えば、寮も今も変わらないよな……〟

違うとしたら、やはりベッドを共にしていることだろう。神城は良くも悪くも裏表のない人間で、職場でも家でも、あまり変わらない。変わるとしたら、それは恋愛の部分だ。彼と身体の関係を持ってから、筧は見たことのない彼の顔を見るようになった。知的で清潔感のある容姿を持つ彼が、ベッドではしたたるような色気を漂わせ、筧を翻弄《ほんろう》する。きっと彼でなければ、筧は恋に落ちなかったと思う。それほど、恋愛関係に陥ってからの彼は魅力的だった。

それだけに、彼には自分以外と恋愛してほしくない。恋愛感情を見せた時の彼があまりに魅力的に過ぎて、その顔は誰にも見せたくない。誰にも見てほしくない。もしも。もしも、自分との恋が終わってしまっても、あの顔は……誰にも見せてほしくない。それがとてつもないわがままとわかっていても、筧はそう思ってしまう。

「賀来さん」

筧はバレンシアを飲みながら、ぼんやりと言った。

「賀来さんは……毎日、ここに来ておられるんですか？」

「うーん……それは臣《おみ》の勤務次第かな」

篠川との同居が表沙汰《おもてざた》になってから、賀来は篠川のファーストネームをさらりと呼ぶようになった。篠川も賀来のことを『玲二』と呼ぶ。二人はほとんど幼なじみのような関係であるためか、ファーストネームを呼び合うのも自然だ。

神城が筧のファーストネームを呼ぶのは、ふざけた時と……セックスの時だ。また耳が熱くなりかけて、筧は慌てて冷たいグラスを抱える。

〝いかんいかんっ〟

「臣の帰りが早い時は食事を一緒にするから、あまりここには来ないし、逆に臣が夜勤の時は、店で食事をして、サービスして……その後、ここでぐだぐだしてることが多いですね。ね？　藤枝」

名前を呼ばれて、すっと藤枝が戻ってきた。賀来のグラスが空になっていることに気づいて、お代わりを作り始める。

「そうですね。オーナーがいらっしゃらない時は、篠川先生が日勤なんだなと思っています。今日はお店でのサービスをなさらない日なのか、お早いお見えです。というわけで、今日は先生は夜勤ですか？」

「そのとおり。あ、藤枝、僕にも筧さんにあげたパンちょうだい。チーズたっぷりめにね」

「かしこまりました」

お代わりが届いて、賀来は筧に向き直った。

「で？　僕がここにいるとどうしたの？」

「あ、ええ……」

筧は少しうつむいて、小さな声で言った。

「あの……神城先生が俺以外の人と一緒に来たの、知ってますか……？」

「え？」

アメリカン・フィズを一口飲んで、賀来は筧を見た。

「先輩が筧さん以外と？」

「あ、いえ……ご存じないならいいんです……」

「藤枝」

賀来は低めた声で藤枝を呼んだ。バゲットを薄くスライスし、トースターに入れてから、藤枝がこちらに来る。

「何でしょう」

「神城先輩が来たの、いつ？」

「神城先生ですか？」

「あ、あの……っ」

筧は慌てる。

〝自分で自分の胸をえぐる必要、ないじゃないか……っ〟

「そうですね。最近はちょっといらしてませんね、そういえば。直近は三週間くらい前でしょうか」

それだけ言うと、藤枝はいったんトースターの前に戻った。カリカリに焼けたパンを取り出し、さっとチーズを塗って皿に並べ、それを持って、また賀来の前に来る。

「オーナー、どうぞ」

「サンキュ」

ぱりっとパンを食べて、賀来はうん、おいしいと頷いた。

「このバゲットいいね。いつもの店の？」

「いえ、今日のは違います。一昨日、ちょっと買い物に行った時、デパートの催事で出ていたので、買ってみました。チーズに合いますね」

藤枝は丁寧な口調で言った。

「もしかして、筧さんがお尋ねなのは、神城先生がお連れになった女性のことでしょうか」

「え、え？」

話が九十度曲がった。不意打ちされて、筧はカクテルを吹きそうになる。

「違いましたか？」

真顔で返されて、筧は何だかもじもじしている自分が馬鹿《ばか》らしくなってしまう。賀来にしても、藤枝にしても、まだ子供っぽい部分を残している若輩者の自分ががんばっても太刀打ちできないほどの大人の男だ。いくら、自分が本心を隠し通そうとしても隠せるものではない。筧はもう一口カクテルを飲んでから、ふうっと深く息を吐いた。

「……そうです。その女性のことです」

「へぇ、先輩が女性連れだったの？」

賀来がふぅんという顔をしている。あまり驚いてはいないようだ。

「ここに連れてくるのはめずらしいねぇ。初めてじゃない？」

「はい。筧さん以外をお連れになったのは初めてです」

藤枝が丁寧に答えた。

「華やかな感じのお美しい方でした。大学時代のお友達とおっしゃっていましたが」

「てことは、ドクター？　女医さん？」

「そうではないかと。神城先生の大学は医学部だけではありませんが、サークル仲間という感じではなく、そう……ご学友という感じでしたから、ドクターでしょうね。これは私の感じ方ですが」

藤枝がさらりと言う。

「恋人というよりも、本当にお友達という感じでしたね。お二人ともさっぱりしている感じで」

「へぇ……」

賀来がふふっと笑う。

「筧さん、藤枝がこう言うなら確かですよ」

「え、え？」

筧はまだ残していたパンをかりりとかじる。

「いや、俺は別に……」

「先輩は高校時代から華やかだったけど、意外と恋愛に関しては真面目っていうか……わりと誠実なんだよねぇ」

賀来がゆったりと言った。筧はそっと、賀来のきれいな横顔を見る。

「僕たちの出た英成《えいせい》学院は男子校だけど、学園祭とか体育祭の時は学校公開するんです。そういう時は女の子もたくさん来ていて、生徒会長とか寮長やってた先輩は接待係みたいなことよくやってて、信じられないくらいたくさんの女の子に囲まれてた。でも、全然動じてなくて、ああ、やっぱり女の子慣れしてるんだなぁって、みんな感心してた」

「感心するんですか、そこで」

筧は男女共学でずっと来ていて、大学時代から今までは、圧倒的に女性が多い環境なので、女性慣れしていて、それが感心されてしまうという感覚がよくわからない。

「まぁ、私たちは中高一貫教育の男子校を出ているので」

藤枝が穏やかに言った。

「いちばん多感な時期を男ばかりの全寮制学校で過ごすので、ちょっと世間とは感覚が違うんですよ」

「はぁ」

「バレンタインデーとかすごかった」

賀来がのほほんとした口調で言った。

「宅配便の車が来たと思ったら、車の中の荷物がほとんど先輩行きだったたんですから」

「あなたもそうだったと記憶していますが、オーナー」

藤枝が控えめに言い、くすっと笑った。

「ですから、神城先生がお連れになった女性は恋人などではなく、お友達と思います。神城先生は案外行動範囲の狭い方ですので、飲む場所として、この店くらいしか思いつかれなかったのでしょう」

すべてを悟った感じで言われてしまい、筧はしょぼんと小さくなった。自分がとてつもなく小さくつまらない人間のような気がして仕方がなかったのだ。

〝何か……俺、馬鹿みたいだ……〟

「筧さん」

賀来がゆっくりとアメリカン・フィズを飲みながら言った。

「この店ね、『le cocon』なんて名前つけちゃったし、場所もわかりづらくしてあるから、隠れ家なんて言い方されてるけど、それほど大したものじゃないんですよ」

「賀来さん……」

「まぁ、自分の隠れ家っぽく作ったのは否定しないし、そう思ってもらえれば嬉しいけど、その考え方は万人に通用するものじゃないんです」

賀来はふっと笑った。同性である筧でもどきんとするほどきれいな微笑《ほほえ》みだ。

「だから、神城先輩の行動に関しては、あまり気にしなくていいと思いますよ。第一、あの先輩に『隠れ家』なんて考えがあると思う？」

真正面から問われて、筧はきょとんと目を見開いた。

神城は表裏のない人間だ。そんな彼に『隠れ家』などというものが必要だろうか。

〝いらない……たぶん〟

「あの」

筧はこくりと小さく頷いてから、顔を上げて、藤枝を見やった。

「バレンシア、もう一杯ください」

「かしこまりました」

藤枝が頷き、カウンター下の冷蔵庫からオレンジを取り出して、ペティナイフで剝き始める。フレッシュオレンジの爽《さわ》やかな香りが、筧のささくれだった心を癒やしてくれる。

もう一杯飲んだら、家に帰ろう。

あの人と暮らす二人の家に。

ACT 6.

「あー、これ返しが引っかかっちゃってるね」

ラベンダー色のスクラブを着た田島《たじま》が、処置ベッドに横たわる患者の左手を見ていた。

センターではナースや技師たちのスクラブや白衣は病院支給で決まっているが、医師たちのものは決まっていない。希望すれば病院から支給もされるし、手術室や検査室には常備のものがあるが、たいていの医師が自分の好きなものを買って持ち込んでいる。ミニスカで乗り込んできた田島だったが、研修初日に篠川《ささがわ》に叱《しか》り飛《と》ばされて、数日は病院常備のスクラブを着た後、自分のものを買ったらしく、今はおしゃれなデザインのものを着ている。もともとスタイルのいい美人なので、まるで白衣カタログのモデルのようだ。

「釣り針はこれが面倒なのよね」

今日の田島は初療室の担当だった。彼女の前にいるのは、海辺で釣りをしていて、隣の釣り人が竿《さお》を振り回した時に、その釣り針が手に食い込んでしまった患者だ。

「簡単に取れると思ったんですけど……」

患者はしょんぼりしている。

「何か、取ろうとすればするほど、深く入っていっちゃって……」

「うん、たぶんそうなるね」

田島は患者の言葉を否定しなかった。

「とりあえず麻酔して、針取っちゃうね。麻酔だけ、チクッと我慢して」

そして、田島は介助についていた南《みなみ》を振り返った。

「ロカール7ccくらいください。あと、ペアンとペンチ、それからゴーグルある？」

「はい、あります。えーと、ふ……」

藤原《ふじわら》と言いかけて、南はそばをすっと通った筧《かけい》を見た。筧が肩をすくめ、うんと頷《うなず》く。頻繁に使うわけではないゴーグルのある場所を藤原が把握しているわけもない。筧は器材棚の端っこから、眼球保護に使うゴーグルを取り出した。

「サンキュ」

直接田島に渡してもよかったのだが、何となく気が引けて、南に渡す。南はそれを田島に渡し、田島は慣れた手つきで装着した。

「じゃ、麻酔しますね。消毒ください」

「はーい」

「……何やってんだ？」

田島の手元を見るともなく見ていた筧のすぐ後ろに、いつの間にか神城《かみしろ》が立っていた。

「うわ、びっくりした……っ」

「あれ、引っ張り出すんですか？」

のんびりとした口調で言ったのは立原《たちはら》だ。

「いや……」

神城が軽く首を横に振った。

「やり方はいくつかある。立原先生、やったことない？」

「一度だけありますけど……わりとすんなり抜けたので。麻酔しっかりしたら、患者さんも痛がらなかったし」

田島は患者の左手に丁寧に麻酔をすると、手に刺さった釣り針の皮膚の上に出ている部分をすべて消毒した。

「さてと」

そして、釣り針のお尻《しり》をペアンでつかむと、ついっと力を加えて、先端を皮膚の上に出した。皮膚の上に顔を出した釣り針の先端をペアンで挟んで、軽く引っ張る。

「え……っ」

立原が思わず小さな声を上げてしまい、慌てて口を押さえる。神城は笑っているだけだ。釣り針で皮膚を貫通させて、田島は再び、ペアンで釣り針のお尻に当たる部分をしっかりと把持した。

「ペンチちょうだい」

「はい」

整形外科の器材は、意外に普通のＤＩＹ道具に類似したものが多い。Ｋワイヤーを切ったりするのに使用するペンチも、色がシルバーなだけで、形は普通のペンチだ。それで釣り針のお尻の部分を切り落とす。そして、釣り針の先端をペアンでつかんで、すいと抜いた。

「はい、消毒ちょうだい」

皮膚には小さな穴が二つ空いているだけだ。出血もほとんどなく、もちろんナートも必要ない。膿盆《のうぼん》の上に抜いた釣り針を落とし、傷を消毒して、ソフラチュールをのせたガーゼで覆い、処置は終了した。

「内服、一応化膿《かのう》止めを三日間飲んでくださいね」

「へぇ……」

立原が感心したように目を見開く。

「ああいうやり方があるんですね……。早いし、安全だ……」

「穴は一個空いちまうがな。だが、無理に引っ張ると、返しで皮膚の下かき回すことになるし、引いてだめなら押してみなって感じで、ああいうやり方もあり。俺も結構やるよ」

神城はそう言って、ゴーグルを外した田島に近づいた。

「うまくなったじゃねぇか」

「もともとうまいわよ」

田島はあっさりと返した。

「外傷班出身を舐《な》めないこと。ナートなんか、あなたよりうまいわよ。あ、南さん」

「はーい」

処置に使った器具を片付けていた南が顔を上げた。

「中で出血するかもしれないから、ちょっとガーゼ厚めに当てておいてください。あとはこっちで診るの？　整形で診るの？」

「こっちでいいと思います。一回くらい来てもらえばいいですか？」

「だね。明日か明後日《あさって》にもう一度来てもらって」

「はーい」

田島は電子カルテに向かうと、抗生剤を処方した。

「あの」

立原がカルテをのぞき込んだ。

「ゴーグルは何でですか？　拡大のため？」

「いいえ」

田島は少し笑った。さっぱりとしたきれいな笑顔だ。

〝やっぱり美人だな……〟

筧は初療室にいた別の患者の点滴を調節していた。ケーシーの胸ポケットにつけているナースウォッチで滴下のスピードを見る。

〝何か……神城先生のそばに来る人って……みんな美人だ〟

神城自身も整った顔立ちをしているせいか、彼のそばに何のてらいもなく立てる女性は美人が多い。神城がルックスで人を選ぶとは思えないが、彼の近くに美しい女性が立つだけで、筧は少し胸が痛む。

〝俺……超心狭い……〟

「釣り針をペンチで切る時、切った針が飛ぶことがあるの。それで一度瞼《まぶた》を切ったことがあってね、それから気をつけてる」

「俺は眼鏡があるから大丈夫だがな」

神城が言った。田島がちらっと神城を見る。

「だから、コンタクトにしないの？」

「いや、俺、眼鏡似合うから」

神城はにっと笑った。そばで片付けをしていた南が吹き出す。

「何だよ、南。俺、似合うだろ？　眼鏡美人ならぬ眼鏡ハンサム」

「自分で言います……」

「そう思いますっ！」

〝あーあ……〟

素《す》っ頓狂《とんきょう》な声はやはり藤原である。いつの間に寄ってきていたのか、藤原が神城の近くにいた。南があちゃあと軽く額を押さえる。

「百合《ゆり》ちゃん、あなた今日、トリアージのはずでしょ？」

「でも、今暇だし……」

隙《すき》あらば神城のそばに寄ってくる藤原の執念は、ある意味大したものだ。

「もう……っ！　百合ちゃんいる⁉」

駆け込んできたのは、片岡《かたおか》だった。

「持ち場離れないでよっ。師長が……」

「藤原さん」

すうっと現れたのは、もちろん神出鬼没のスーパー師長叶《かなえ》である。片岡と南が顔を見合わせて、はぁっとため息をついた。

「患者さんがいらしていますよ。今日のあなたのお仕事は何だったかしら？」

「は、はい……っ」

さしもの藤原も、叶に直接やんわりとでも叱られては撤退せざるを得ない。叶の怖さは、長くつきあえばつきあうほどわかってくるものなのだ。藤原がトリアージのために受付に飛んでいき、後には、きょとんとしている神城と立原、くっくっと笑っている田島が残された。

「神城先生、相変わらずファンが多いのね」

「いや……彼女は特別というか……」

思わずといった感じで、立原が言った。のんびり屋の立原も、藤原の猪突《ちょとつ》猛進ぶりには感じるものがあるらしい。逆に、神城の方が何だ？　という顔をしている。

「いや、別にファンなんかいないぞ」

神城が真顔で言った。田島がぷっと笑い出す。つられたように南と片岡も笑い出し、いつも緊張感の漂っている初療室の雰囲気がふっと和んだ。

〝田島先生の笑顔って……明るいな〟

屈託のない田島の笑顔。その曇りのなさに、筧はふと彼女を見つめてしまう。

きらきらと輝くような笑顔。自信に満ちて、何も悩みなんかなくて、ただまっすぐに顔を上げているが故の潔さ。

〝何か……敵《かな》わない感じ……かな〟

筧は点滴を刺した患者を車椅子《くるまいす》に乗せた。

「大丈夫ですか？　気分悪くないですか？」

センターの点滴室がいっぱいなので、このまま病院の方の点滴室を借りに行く。

「田島先生は、神城先生と一緒に働かれたことあるんですか？」

静かに歩き出すと、背中に立原の声が聞こえた。

「大学にいた頃に少しだけかな。あの頃からファンはいたよね」

田島の屈託のない声。神城のよく響く声がそれに答える。

「だから、ファンなんかいないって」

〝やっぱり……ドクターはドクターなのかな〟

彼の隣に立っていたと思っていた。それを許されていると思っていた。でも。

〝俺は……先生の後ろにいただけなのかもしれない〟

「病院の方に行きますね」

筧は自分の耳を塞《ふさ》ぐように、患者に声をかける。

「ここだけの話ですけど、向こうのベッドの方が寝心地いいんですよ」

医師たちの声が遠ざかっていく。

それは初めて感じた、神城との距離だった。

「いつの間に、ここは病院連中の溜《た》まり場《ば》になったんだ？」

もはや、彼の素顔ともいえる仏頂面で言ったのは、篠川である。

四月もそろそろ末になる。もうあたたかさは本物で、たまに蒸し暑い日もあるほどだ。しかし、薔薇《ばら》にはまだ少し早いようだ。『le cocon《ル・ココン》』のすぐ前にある美術館の薔薇はもちろん見事だが、『le cocon』の前庭にも、マスターの藤枝《ふじえだ》が丹精している薔薇がある。小さいながらも、クライミングローズからスプレー咲き、ハイブリッドティーローズとさまざまな薔薇が咲く。

「お言葉ですが、それは先生のせいではないかと」

藤枝が穏やかな口調で言った。バックバーを振り返って、明るい色のボトルを取る。

「先生、たまにはアードモアなどいかがでしょう。リーズナブルですが、すっきりと爽《さわ》やかな味わいで、今日のようにあたたかい日にぴったりかと」

篠川が軽く頷く。彼はウイスキー派である。

「藤枝の推しならもらうよ。ストレートでいいの？」

「そうですね。でも、たまにはハイボールなどいかがですか？　アードモアのハイボールはおいしいですよ」

「へぇ……じゃあ、それで」

春は忙しいのか、今日はオーナーの賀来《かく》はいない。

「今日はあの超絶美形のオーナーさんはいないんですか」

ややも不躾《ぶしつけ》とも言えるセリフを吐いたのは、カウンターの真ん中あたりに座ったハンサムな医師だった。『le cocon』にはたまにしか現れないレアキャラだが、現れると長《なが》っ尻《ちり》で、おしゃべりを楽しむ明るいキャラだ。病院の方の整形外科医である森住英輔《もりずみえいすけ》である。センターにも応援によく来るので、篠川とも顔見知り以上の仲である。

「いないよ。見りゃわかるでしょ」

多忙のための入院騒ぎで、賀来と篠川の同居がバレて、ずいぶん経《た》つ。篠川ももう隠すことはないとばかりに、賀来のことを聞かれれば、すんなりと答える。

「夏のメニュー作ってんだってさ。藤枝、もしあいつ来たら、アメリカン・フィズのアルコール度数下げといてよ。忙しい時は空《す》きっ腹《ぱら》で来ること多いから」

「かしこまりました」

藤枝が慇懃《いんぎん》に答えた。この店のオーナーは賀来だが、オーナーに倒れられて困るのは、店である。よって、雇われマスターはオーナーの主治医の言うことを聞く。篠川はちらりと森住に視線を送った。切れ長の目の篠川がそんな流し目をすると、色気よりも怖い。

「何？　森住先生、玲二《れいじ》見たくて来たの？」

「見るっていうか、『le vent《ル・ヴァン》』のこと、ちょっと聞きたくて。あそこのコンセプトって、どうなのかなって思って」

「カジュアルフレンチって、聞いてるけど」

森住の隣には、センターの宮津《みやつ》が座っている。宮津と森住は大学時代からの友人で、専攻は違うが親友同士だ。いつもはカウンターの端っこでご飯を食べている宮津も、今日は親友の隣でカクテルを手にしていた。

「僕は行ったことないけどね。あ、そういえば筧くん」

筧は篠川の隣に座っていた。

今日、神城は夜勤だ。夜勤から入ったので、日勤の筧とは見事にすれ違い、日勤を終わって筧が帰ると、ちゃんと犬たちはご飯をもらっていて、朝、筧が作っていった晩ご飯もきちんと食べてあった。

「はい」

神城のご飯を作った残りで食事をすませてしまうと、すっかり暇になってしまった。こんな時に限って、犬たちも早寝してしまい、自分たちの部屋でくっついて眠ってしまった。やることがなくなって、筧はふらりと家を出てきたのである。

「何でしょう」

「筧くん、あの店に行ったことあるって言ってたよね」

「はい」

賀来が初めて手がけたカジュアルフレンチの店に、筧は神城と何度か行っていた。

裕福な生まれの上、今も高給取りである神城だが、金銭感覚は意外にしっかりしているというか、過ぎるほどに質素で、ディナーで最低五桁《けた》、ものによっては六桁の賀来の店には足を踏み入れたことがない。しかし、価格帯が結構庶民な『le vent』には、何度か出かけていた。そこで、ワインを飲みながら、アラカルトを楽しむのだ。

「おいしいですよ。そこで、ワインを飲みながら、アラカルトで好きなものを食べる方がいいです。ワインはあまり飲まないんですけど、でも、いいつまみがあります。何か、おめかししてコース食べるより、わいわい楽しむのがコンセプトなんじゃないでしょうか」

「じゃあ、合コンとかに使っても大丈夫かなぁ」

森住がのほほんと言った。宮津が呆《あき》れた顔をしている。

「おまえ、また合コン始めたのかよ」

いつもは大人しい宮津だが、親友と一緒だと、少しおしゃべりになるし、言葉遣いもぞんざいになっている。

「しばらく大人しかったと思ったのに」

「俺の主催じゃないよ」

森住が笑いながら言った。

「友達がさ、あそこで合コンってどうだろうって言ってたんだよ。結構いい感じの女の子たちに声かけてOKもらったんだってさ。で、気合入ってるわけ。あの賀来玲二の店で、ぜひとも決めたいと」

「はぁ……」

篠川がわざとらしいため息をついた。

「先生のお友達ってことは医者？」

「違います。俺の高校時代の友達で、今は弁護士やってます」

「弁護士なんて、入れ食いじゃないの？」

篠川がハイボールを一口飲んだ。

「医者よりいい商売だと思うけど」

「あいつは医者の方がいい商売だって言ってます」

森住が苦笑しながら答えた。

「まぁ、隣の芝生は青いってことじゃないですか？　弁護士って言ったって、事務所持ってるわけじゃないし、刑事専門なんで、金にならないって言ってます」

「僕たちだって、持ち出しばっかり多くて、手取りなんて大したことないじゃない」

センターの医師は、篠川を筆頭に裕福な生活をしているものが多い。もちろん、同年齢のサラリーマンよりも高給取りであることは確かだが、それ以上に金が貯《た》まるのは、使う暇がないからだ。センターは激務で、三日くらい家に帰れないことはめずらしくない。

「しかし、それならなおさら、玲二の店なんかで見栄《みえ》張らない方がいいんじゃないの？」

篠川は賀来の長年のパートナーだけあって、彼の店がどれほどのものかよく知ってい

る。

「『le vent』ですんでるうちはいいけど、そのうち『la danse《ラ・ダンス》』とかねだられるときついよ」

『la danse』は、賀来が経営している店のうちで、いちばん大きなものだ。ディナーのいちばん高いコースは軽く十万円を超える。

「俺もそう思うんですけどね」

森住が素直に言った。

「でも、とりあえず彼女をゲットしたいので、いっぱいいっぱいみたいで。まぁ、俺はその店がどんなコンセプトで、どれくらいうまいかを知りたいわけで」

「おいしいですよ。内装とかも、女の子が好きそうな感じで」

筧が言った。

「ワイン好きな子なら、なおさらいいんじゃないのかな。ワインもそんなに高くなかったと思います。フルボトルで……三千円くらいだったかな。もっと安いのもあったかも」

筧はマリブパインを飲んでいた。パイン好きな筧に、藤枝が作ってくれたのだ。ココナツリキュールとパインジュースで作るもので、アルコール度数は低い。

「筧くんは誰と行ったの？　彼女と？」

森住に尋ねられて、筧はぶんぶんと首を横に振った。

「違います。神城先生に連れていっていただいたんです。てか、連れてかれた」

宮津がぷっと笑った。森住がえ？　という顔をしている。

「あ、この子、神城先生と同居してるんだよ」

篠川があっさりと言った。

「神城先生の住んでる家に、飼い犬連れて転がり込んだんだ」

「さ、篠川先生……っ」

森住がひゅっと口笛を吹いた。

「神城先生って……あの神城先生でしょ？」

「どの『あの』かわかりませんが、神城先生です」

筧は無表情なまま頷いた。

「いろいろありまして、実家で飼っていた柴犬《しばいぬ》三匹を預かっていただくために、一緒に住んでいます。と言っても、広いおうちですので、まぁ……下宿みたいなもんでしょうか」

「下宿ねぇ」

森住がちらりと筧を見た。

「ねぇ、筧くん」

「はい、何でしょうか」

「神城先生ってさ、プライベートどうなの？」

「どうなのって……」

「森住」

隣に座っている宮津が森住の脇腹《わきばら》を軽く小突いた。

「余計なこと聞かない」

「いいじゃん」

森住は屈託なく言う。

ハンサムで明るい森住は、院内でも人気のある医師だ。どこにでもひょいひょいと顔を出す彼は、情報通でも有名である。彼に聞けば、院内の噂《うわさ》は何でもわかると、医局では有名らしい。ただ、悪い噂は決して流さない。自分の中である程度取捨選択しているらしい。人の悪口は基本言わないので、そんな意味でも人気がある。

「仕事以外では、家の中でごろごろしているだけですよ。最近は犬がいるので、散歩にくらいは行ってくださいますけど」

筧は甘いカクテルをゆっくりと飲んだ。

「別に、森住先生が好きそうなお話はありませんよ」

「言うなぁ、君」

森住は気を悪くした風もなく、明るく笑っている。

「そうか……やっぱり、あれは噂だけなのかなぁ」

「あれ？」

篠川がふっとこちらに顔を向けた。彼は耳がいい。センター内のどんな小さな出来事も聞き逃さないほどだ。

「どんな噂かな？」

「あ……」

森住がめずらしく「やべっ」という顔をした。ふっと一瞬気配を消していたので、篠川がいるのをすっかり忘れていたらしい。

「いやぁ、あの……」

「別に神城先生の個人的な噂には興味ないけど、あまり変なことが広まるとこっちも困るからさ」

篠川は冷静である。

「藤枝、同じのもう一杯ちょうだい」

「かしこまりました」

篠川は酒に強いらしい。神城のように水のように飲むタイプではないが、淡々とグラスを重ね、乱れは毛筋ほども見せない。それは森住も同じらしく、あまりつまみも食べずに、同じペースで飲んでいる。

「……あの、センターに研修に来ている女医さんいるでしょう？」

篠川には逆らわない方がいいと思ったらしく、森住が言った。

「ドラマに出てきそうな美人女医さん」

「……田島先生のことかな？　研修に来てるってことは」

篠川がクールに言った。

「うちはもう一人美人がいるからね」

「は、はは……確かに」

篠川は、意外だがフェミニストの方だ。救命救急の女医はまだまだ少なく、その存在は貴重である。救命の修羅場の中で、井端《いばた》のような癒《い》やし系《けい》の存在は空気を柔らかくする。ぎりぎりの緊張を適度に緩める存在として、篠川は井端の存在を認めている。

「井端先生も可愛《かわい》らしいですが、田島先生はちょっとカリスマ性のある美人でしょ？　俺、大学は別でしたけど、学会とかでは有名でしたよ。あのままドラマに出ていい美人だって」

「まぁ、美人は美人かな。ドラマの女優並みかどうかはわからないけど」

篠川はちらりと森住を見る。余計なおしゃべりはいいから、先を続けなという視線である。森住は手元のジン・フィズを一口飲んで言った。

「いや、田島先生が神城先生の元婚約者って話があるんですよ」

「え」

思わず声を上げてしまって、筧ははっと我に返った。篠川と森住、宮津の視線を感じる。慌てて身を縮めてうつむいた。

「何それ」

篠川が大して興味もなさそうに言う。

「あの二人にそんな色っぽい話があったの？」

「俺も、T大整形外科の友達に聞いた話なんですけどね。又聞きだから、どこまで本当かは定かじゃないんですけど」

前置きをして、森住は話し始めた。

「神城先生はあのとおりのキャラでしょ。大学病院時代からスターで、とにかく目立ってたらしいです。それに、田島先生も目立つ美人だし、あの二人がつきあってたんだから、T大医局じゃ有名だったらしいです。一緒に暮らしてたって話もあったし、じきに結婚するって話も」

「それ、言いすぎじゃないの？」

篠川が懐疑的な調子で言う。

「神城先生が大学から出て、ずいぶん経つよ。結婚するならとっくにしてるでしょ」

「そ、そうだよ」

宮津が言う。彼の前にあるカクテルは、筧もよく頼むシャンディ・ガフだ。

「それに、田島先生が最初にセンターに来たのは、患者の転送に付き添ってきた時だったでしょ。ナースたちの話を聞いただけだけど、二人が顔を合わせた時、久しぶりっぽかったって。結婚とか言ってた二人が、そんなに疎遠ってあり得る？」

「いや、結婚とか言ってたからこそ、疎遠になったんじゃないかと。破局で」

森住が意味深に言った。

「破局して、それでも友達ってのもなきにしもあらずだけど、まぁ、めずらしいだろうね。少なくとも、俺は無理」

「それはおまえの話だろ」

宮津が軽く突っ込んだ。

「まぁね。とにかく、俺はあの二人が結婚前提だったってのを支持する。それにはちょっとした裏付けがある」

森住が自信ありげに言った。筧はやけに喉《のど》が渇くのを感じていた。マリブパインを飲み干してしまい、所在なげにしていると、藤枝が「同じものでいいですか？」と静かに尋ねてくれた。筧はこくりと頷く。

「神城先生が大学を辞めたの、何でか知ってます？」

「それは僕に聞いているのかな」

篠川が片眉《かたまゆ》を上げた。

「いいや。一応、中高時代の先輩ではあるけど、大学に入ってからは、そんなに近しくはなかったからね」

「そうですか」

なぜか、森住はちょっと得意そうだ。

「神城先生が大学を辞めたのは、医局にいづらくなったからだと聞きました。決まりかけていた留学を断ったんだそうです」

「留学を断った？」

篠川が問い返す。

「別に留学なんて、自分の自由でしょ？　何で、そんなことで医局を辞めなきゃならないの？」

「それが、教授の肝いりだったらしいんです。教授が道筋をつけて、毎年アメリカの病院に送り込んでいたんです。それがあの教室の売りでもあったし、それに行けば、出世コースに乗れた。それを神城先生は断ったんです」

〝全然知らなかった……〟

篁は呆然《ぼうぜん》としていた。

神城のことは何もかも知っているつもりだった。彼は何でも話してくれたし、ずっと彼を見てきた。ずっと見つめてきた。それなのに。

〝ドクターとナースの間の溝って……こんなに深かったんだ〟

同じ医師というだけで、森住はこんなにも神城のことを知っている。知ろうと思えば、きっともっともっと知ることができる。筧が手を伸ばしても届かないものを、彼はきっと簡単に手に入れることができる。それは田島も一緒だ。

〝いや、もっとだ……〟

田島は神城と同じ大学の出身で、同じ教室の出身で、今は同じ系列の病院に勤務している。筧がいくら知りたくても知ることができない、理解できないことを知ることができる。筧は叫び出したくなるのをようやくこらえていた。

〝俺は……あなたの一番だと思っていたのに……っ。あなたの一番になりたいのに……っ〟

「断った理由は、結婚を控えていたからだと聞きました。田島先生と結婚するために、留学を断ったんだとね。留学したら、最低でも二年は帰ってこられません。新婚で二年も離れるのはきついし、同じ医者である田島先生のキャリアを潰《つぶ》してまで連れていくことはできない。だから、断ったんだと」

「でも、結局結婚はしなかったんでしょ？」

篠川が冷静に言う。

「違うんじゃないの？　その情報」

「でも、結局神城先生は留学しなかったし、医局から出て、就職した。出世コースには乗れなかったってことですよね」

　森住が食い下がる。

「それに、田島先生も医局を出て、神城先生と同じ系列の病院に就職したわけでしょう？　これ無関係ですか？」

　筧はマリブパインを飲み干した。ほとんど一気に飲み干す勢いだ。

「筧さん……」

「すみません。会計お願いします」

　少し震える声で言った筧に、藤枝は心配そうな視線を送りながら、手書きのレシートを見せてくれる。『le cocon』の会計は手書きのレシートで行われる。賀来ではなく、これは藤枝のこだわりだ。レジスターの機械的な音が嫌いなのだという。財布から二枚の千円札を出して、会計をすませ、筧はそっと店を出る。

「……お先に失礼します」

「はい、おやすみ」

　篠川が素っ気なく言った。筧は軽く頭を下げて、扉を閉めた。

「筧くん……っ」

両手をブルゾンのポケットに突っ込んで、筧は歩き出していた。月がきれいだ。半分の月が煌々《こうこう》と輝いて、筧を見下ろしていた。

「筧くん」

後ろからそっと背中に触れられた。足を止めて振り返ると、軽く息を弾ませた宮津が立っていた。

「宮津先生」

「あの……」

宮津はそっとあたりを見回し、小さな声で言った。

「あの……気にしなくていいからね」

「何を気にするんですか」

筧は宮津の方を見ないようにして、上を見上げた。星を弾《はじ》き飛《と》ばすくらいに明るい月。目が痛くなるほどの白い光が、筧の瞼を貫く。

「別に何も……」

「あの……独身の医者って、多かれ少なかれ噂がたつものだから。俺くらいの雑魚だったらそんなこともないけど、神城先生レベルの人気者だと、いろいろあると思う。でも」

宮津は一生懸命な口調で言う。

「神城先生が君に言ったことだけを信じて。あの人は嘘《うそ》なんてつかない人だよ。そんな……器用な人じゃない」

「……確かに器用じゃないですね」

筧は乾いた声で言った。

「だから、あの人に近づかずにいられない。名前で呼んで、いつも……意識して」

「筧くん……」

筧は振り向いた。

「結婚でも何でもすればいいじゃないですか。誰にはばかることもない。だって……お互い独身なんだから」

「筧くん……っ」

宮津が困ったように首を傾《かし》げて、筧を見ている。

「君がそんなこと言ったら……神城先生が可哀想《かわいそう》だよ……」

「俺は……ただ犬を預かってもらってるから……その世話のついでに、あの人の面倒も見てるだけです。ただ……それだけです」

「そんなこと……っ」

「俺と先生は……対等じゃない。宮津先生と藤枝さんとか……篠川先生と賀来さんとか……そんな風に対等じゃない。俺は……あの人の部下で……それ以上でもそれ以下でもない。それは……あの人もわかっていることです」

筧はぺこりと深く頭を下げた。

「すいません、先生。気を……つかわせちゃって。俺は……大丈夫ですから」

「筧くん……」

「おやすみなさい、宮津先生」

そして、筧は歩き出す。背後で宮津の小さなため息が聞こえた。

宮津は優しい。繊細で優しくて、穏やかな藤枝とぴったりだ。そして、気の強い篠川と包容力のある賀来もぴったりと合うパートナー同士だ。でも、自分と神城は違う。神城はあくまで自分の上司で、自分たちはどうがんばっても上下関係から抜けられなくて、同じ目線で見つめ合うことはできない。

もともと神城の強引な誘いから始まった関係だった。確かに筧は彼が好きでたまらないけれど、彼はどうなのだろう。好きだと囁《ささや》いてくれるし、恋人だと言ってくれる。しかし、彼は男性で、自分も男で、どうやってもそれは変えることができない。自分たちの間に、結婚という形はあり得ない。たとえ紙一枚でも、二人を一つにするわかりやすい絆《きずな》を結ぶことは永遠にできない。

だが、田島にはそれが可能だ。彼女は神城の妻になることができる。神城と同じ姓を名乗って、彼の隣に立つことができる。周囲に彼の家族として認識され、何の理由付けも必

要としないで、彼と一緒に暮らすことができる。

「俺……結構こだわってたんだな……」

彼と一緒に暮らす今が幸せな反面、それを周囲に説明する言葉を探し続けていた。篠川のように『相方』と暮らす生活を当たり前のものとして受け入れることができなかった。

「今まで……先生には大事にしてもらってきたから……」

一緒にいる時の神城は本当に優しかった。筧にも犬たちにも優しくて、自分たちはまるで家族のように暮らしてきた。

「でも」

筧は足を速めて歩き出す。

「仕事でだけでも、一緒にいられればいいよな……」

好きな気持ちは止められない。心は千々に乱れて、息もできないくらいだけど、やっぱり彼のことは好きでたまらない。

明るい月明かり。足下にびっくりするくらい濃い影。その影を踏みながら、筧は歩く。このまま歩き続ければ、神城の家にたどり着く。あの人の香りのある家。あの人の気配のある家。

いつまで、一緒に暮らせるだろう。いつまで、あの人のそばにいられるだろう。

筧は歩き続ける。答えの決して出ない迷路の中を。

ACT 7.

三匹の柴犬《しばいぬ》たちが、台所の入り口のところで中をのぞき込んでいる。

「入ってきちゃだめだからね」

筧《かけい》はたまに振り返って、犬たちに厳命する。賢い犬たちは、少し寂しそうにくんくんと鳴いてはいるが、入ってこようとはしない。

神城《かみしろ》はこの家の中で犬たちの行動を制限はしなかったが、筧は自主的に犬たちの入れないところを決めている。それは神城の寝室と台所だ。柴犬はダブルコートの犬なので、抜け毛がなかなか凄《すさ》まじい。気をつけてブラッシングはしているのだが、やはり毛が抜ける。そのため、ベッドに抜け毛が飛び散らないように寝室への出入りを制限し、食べ物にやはり抜け毛が入るのを防ぐために、台所に立ち入らせないようにしている。

犬たちは、筧の実家でもキッチンには入らないようしつけられていたので、神城の家でも、筧がエプロンを着けて台所に入ると、出入り口のところで大人しく待つようになった。

き込む。
「お、今日は天ぷらか」
神城がひょいと顔を出した。嬉《うれ》しそうに見上げる犬たちの頭を撫《な》でてやり、台所をのぞ
「ええ。おいしそうなエビとキスが売っていたので」
筧は丁寧にエビの殻を剝《む》き、背わたを取って、軽く腹の方に切れ目を入れて、丸くなる
エビをまっすぐにした。キスも器用にさばいて、丁寧に粉をまぶしていく。
「あと、かぼちゃとさつまいもと……なすとれんこん、ししとう」
「豪華だな」
神城はご機嫌だ。
「家で天ぷらなんてできるんだな」
「そりゃ、できますよ」
用意したタネに薄く粉をまぶしてから、衣をつけて、ゆっくりと揚げていく。前に天ぷ
らうどんを作るために天ぷらを揚げたことがあるが、鍋《なべ》が小さかったので、タネを入れる
たびに油の温度が下がり、ぱりっと揚がらなかった。いろいろ調べて、やはり鍋が大きい
方が温度変化が少ないことがわかり、大きめの天ぷら鍋を買った。
「一つ食べていいか?」
神城が揚がったばかりのさつまいもをつまんだ。

「もうつまんでるんでしょう。食べていいですよ」

筧は肩をすくめた。神城は嬉しそうにさつまいもの天ぷらをかじった。

「うん、ほくほくでうまい」

「これからエビとキスを揚げます。そうしたら、ご飯にしますから」

「ああ。じゃあ、待ってる。おまえたち、おいで」

神城は犬たちを連れて、茶の間の方に去った。筧はふうっと息を吐き、天ぷらを揚げ続ける。

「おいしく……できた」

ご飯も炊けている。それと味噌汁《みそしる》。今日は大根とじゃがいも。箸休《はしやす》めはきんぴらごぼうだ。

「俺ができることは……こんなことくらいだ」

おいしいご飯を作る。お風呂《ふろ》もちゃんと沸いてるし、ベッドには清潔なシーツとふかふかのふとん。

でも、こんなことはきっと誰にでもできる。きっと……あの人にも。

いつも、あの人のことが頭から離れない。あの美しい女医のことが頭から離れない。

「……あと二ヵ月でいなくなるんだから……」

もう暦は五月だ。あと二ヵ月足らずで、田島《たじま》は石ヶ丘《いしがおか》病院に戻るはずだ。

「でも……もし戻らなかったら……？」

エビを揚げながら、筧はつぶやく。丸まらないよう気をつけて、エビを揚げる。

「同じ聖生会《せいせいかい》だもの……もし、彼女が異動を希望したら、きっと……」

センターは受け入れるかもしれない。もともとセンターは人手不足だ。研修受け入れは渋っても、きっと新しい医師として来るなら、篠川《ささがわ》は拒否しないだろう。

エビが揚がった。上手に衣を散らしたので、まるで花が咲いたようだ。キスも上手に揚がったし、天つゆもいい匂《にお》いがしている。

「できた」

大皿に紙を敷き、天ぷらを並べる。ご飯をよそい、あたためた味噌汁を注いで、ご飯ができた。

「このご飯くらい、俺の感情も……」

うまく制御できたらいいのに。

聖生会中央病院には、女性スタッフ用の寮がある。病院と隣接する敷地《しきち》内にあって、通勤には便利だが、プライベートまで管理されているようだと、あまり人気がない。

「寮は楽なんだけどね」

この病院に勤めてから、ずっと寮にいるという南《みなみ》が、のんびりと言った。

「うちの寮、個室だし、ご飯も言っておけば、作ってもらえるしね。部屋もきれいだよ」

「私は寮って苦手だな」

センターには、仮眠室はあるが、休憩室のようなものはない。その代わりに、センター内の片隅をパーティションで区切り、小さなカップボードを置いて、人数分のカップを置き、インスタントのコーヒーや紅茶、日本茶のティーバッグが置いてあり、いつもポットでお湯が沸いている。

「何か、いつも仕事から抜けられない感じで」

コーヒーを飲みながら、片岡《かたおか》が言う。彼女は、病院近くのアパートで一人暮らしをしている。最初は寮に入っていたが、一年ほどで出て、一人暮らしを始めた。

「でも、やっぱ安いのは魅力だよね」

風見《かざみ》が言う。

「いくらだっけ、寮費」

「一ヵ月一万円。光熱費、電気代、水道料込み。食事は一食三百円。メニュー見て、好きなのが出る時に頼むの」

「……その寮が男性スタッフにも開放されるってことですか？」

筧は紅茶を飲んでいた。砂糖をスティック一本分入れている。

「そうなの」

南が頷《うなず》いた。

「もともと寮は二棟あるのよ。でも、どんどん退寮しちゃって。だから、一棟を男性用にしようってことになってね。結構、男性スタッフも増えてるし、賄い付きだから、わりと需要あるらしくて」

「へぇ……」

片岡が首を傾《かし》げる。

「寮なんて、いいのかなぁ」

「それ、私に言う？」

南が笑いながら言った。

「気が楽でいいよ。施錠気にしなくていいし。困るのはペットが飼えないことくらいかなぁ」

「……個室なんですか？」

筧がふと尋ねた。

「ええ。二人以上で暮らせるほど、部屋広くないしね。でも」

南が筧を見る。

「でも、筧くんは関係ないでしょ？　神城先生の家にいるんだから」

それまで、黙ってコーヒーを飲んでいた藤原《ふじわら》が顔を上げた。

「筧さん、ずっと神城先生のお宅にいるつもりなんですか？」

「え？」

筧は思わず藤原を見た。相変わらず、彼女は筧を見る時には、敵視している様子を隠さない。

「だって、もうお母さんのぎっくり腰だって治っているんでしょう。いつまで、先生のお宅にいるつもりなんですか」

「百合《ゆり》ちゃん」

片岡がなだめるように、藤原の肩を叩《たた》いた。

「それは筧くんが決めることじゃなくて、先生が決めることでしょ。神城先生に聞いたけど、筧くん、お料理上手なんだって？」

「え」

筧は片岡を見た。

「何で、そんなこと」

「だから、先生から聞いたんだって。筧くんのご飯が絶品だって」

「俺の飯なんて……普通のご飯です。誰でも作るような料理ですよ」

「へぇ、筧くん、お料理できるんだ」

すっと入ってきたのは、田島だった。ここで休憩するのは、ナースたちばかりではない。医師も医局に戻るほどではない時は、ここでお茶をすることがある。

「何作るの？」

筧はうつむいた。彼女とはあまり話したくなかった。話どころか、顔を見ることすらつらかった。センターにいても、できるだけ彼女を視界に入れないようにしていた。しかし、仕事で組む時はそんなことも言っていられない。唯一のほっとできる場所は、あろうことかヘリの中である。田島はフライトドクターではないからだ。

「……何でも。普通の家庭料理なら、たいていのものは作れます」

筧はぼそぼそと言った。ナースたちがおおっと色めきたつ。

「すごい。筧くん、料理男子？」

「家庭料理ならたいていのものは作れるって……すごくない？」

「神城先生に聞いたけど、お寿司《すし》とかも作れるんだって？」

田島がにこにこしながら言った。

「今度、私も食べてみたいなぁ」

「そんな……大したものじゃないです」

筧はさっさと紅茶を飲み終えた。ぺこんと頭を下げて、休憩コーナーを出る。

「私、筧くんに嫌われてるのかなぁ」

屈託のない田島の声が聞こえた。

「そんなことないですよぅ」

「筧くん、人によって接し方を変えたりしませんから」

いつの間にか、田島はセンターに溶け込んでいた。美人だが気取らず、さばさばした感じの田島は、ナースたちにも嫌われず、姉御肌なのもあって、藤原と筧以外とはうまくやっているようだった。

「寮か……」

神城の家に入る時、アパートは引き払ってしまっていた。アパート代は決して安くなく、部屋をキープするためだけに支払いをするのはきつかったからだ。

「先生の家を出るなら……寮もいいかもな」

筧はぼんやりとつぶやいていた。

第二病院にいた頃は、寮に入っていた。共同生活に抵抗はないし、賄いもついているなら願ったり叶《かな》ったりだ。

「でも……」

筧は初療室に入ると、周囲を見回し、ずらりと並んだ回診車の整備を始めた。中を確認し、足りないものを補充したり、きちんと包帯を並べ直したりする。

「出ていくって言ったら……」

先生は少しは寂しがってくれるだろうか。もしかしたら、止めてくれるだろうか。

〝そんなことないよな〟

あの人がいる。今までは、神城のそばには筧しかいなかったが、今なら、肩を並べて立てるあの人がいる。明るくて、美しくて……彼の伴侶《はんりょ》になれるあの人が。

筧はよいしょと腰を伸ばして立ち上がった。

もうじき昼休みだ。このまま静かなままでお昼に入れたら、庶務課に顔を出してみよう。

〝寮の申込書とか、あったらもらってこよう〟


病院の最上階には、二つの食堂がある。来院者用のレストランと職員用の食堂だ。二つは隣り合っているが、職員用の食堂は外から見えないようになっている。スタッフが白衣姿で食事をするのを嫌がる来院者がいるためだ。いちいち食事のたびに着替えてはいられないのだが、それでも理解はしてもらえないことがある。だから、せめて外から見えないように壁で仕切られているのだ。

「お疲れさまです」

筧が定食のトレイを前にして、ぼんやりしていると、頭の上から声が降ってきた。顔を

本日の

上げると、めずらしい人がいた。

「高杉《たかすぎ》さん……」

「前、いいですか?」

ほとんどドクターヘリの管制室から出てこないCSの高杉渉《わたる》がトレイを持って立っていたのだ。

「あ、はい……どうぞ」

昼ご飯でも、耳にはイヤホンをつけたままだ。高杉は筧の向かいに座り、軽く両手を合わせてから、食事を始めた。

「電話番はいるんですか?」

筧が尋ねると、高杉は微笑《ほほえ》んだ。

「一応、真島《ましま》さんが残ってくれていますが、私も携帯電話を持っています」

そして、軽く自分の耳に入っているイヤホンを指差した。

「私も昼ご飯を食べなければなりませんので」

「ですね」

筧はつられたように笑った。いくらごちゃごちゃと悩んでいても、お腹《なか》は空くので、筧の前のトレイはほとんど空っぽだ。薄いお茶を飲みながら、静かに、しかしさっさと食事をしている高杉を見るともなく見る。

「今日のお昼の鯖味噌《さばみそ》、ちょっと塩《しょ》っぱくないですか？」

筧が言うと、高杉は軽く頷いた。

「まぁ、ご飯は進みますよね」

そして、お茶碗《ちゃわん》を持ったまま、筧を見た。

「筧さんは鯖味噌、どう味付けします？」

「え……普通だと思いますけど。鯖に十字の切れ目入れて、塩ふって……湯通しして……。あとは酒と水、砂糖、おねぎ入れて、煮立ってから二回に分けて味噌入れて……生姜《しょうが》入れて、最後に酢をさっと回し入れて……」

くすっと高杉が笑った。

「へ？」

「いいえ、ちゃんとお料理されてるんだなと思って。神城先生のおっしゃるとおりだ」

「先生の……」

「ええ」

高杉は軽く頷いた。

「よくおっしゃっていますよ。うちの筧の料理はうまいんだって。あれはいい嫁だってね」

「よ、嫁って……」

「一緒に暮らしていらっしゃるんでしょう?」

高杉はさらりと言った。

まったく、神城の口の軽さはどうにかならないものだろうか。言ってはいけないことはきっちりと黙っていることができるのに、それ以外はどこにでも行ってしゃべる。道理で、最近病棟でもじろじろ見られるはずだ。

「神城先生とは長いおつきあいになりますが」

高杉が味噌汁を一口飲んで言った。今日の味噌汁はねぎと豆腐だ。

「何だか、最近はとても楽しそうです」

「テンションが高いのは、今に始まったことじゃないでしょう?」

筧は首を傾げた。高杉は柔らかく微笑む。美形というには優しすぎる顔立ちだが、不思議な透明感のあるきれいな容姿をしている。強いて言うなら、中性的でちょっと性別不明気味だ。ついでに年齢も不詳である。

「先生のテンションの高さは、多少装っているというか……ご自分を鼓舞なさっているところもあると思います。でも、筧さんと暮らすようになって、何だか毎日が楽しくてしょうがないといった感じがします。無理にテンションを上げなくても、自然と元気になっている……そんな感じでしょうか」

「そんなこと……ないです」

筧はしょんぼりとうつむいた。

きっと、以前だったら飛び上がるほど嬉しかった高杉の言葉も、今は虚《むな》しく頭の上を滑り抜けていくだけだ。

「もしそうだとしたら、ご飯をちゃんと食べているからだと思います。あの人の食生活、相当貧しかったようですから」

筧はお茶を飲み終わると、ふうっとため息をつき、トレイを持って立ち上がった。

「高杉さんもちゃんとご飯食べてくださいね。食事は大事ですから」

「はい」

高杉は穏やかに頷いた。

「でも、人間、ご飯だけじゃ幸せにはなれないものですよ」


からりと玄関の引き戸を開ける音がした。

「ただいまぁ」

家主の声に、三匹の居候柴犬たちがぱたぱたとお迎えに駆けていく。筧は座卓の上に広げていた書類を慌ててたたんで、ボディバッグの中にしまった。

「こらこら、引っ張るなって」

柴犬たちにまとわりつかれて、神城は機嫌良く笑っている。最初は少しだけ人見知りもしていた柴犬たちだったが、もうすっかり神城に慣れて、彼が帰宅した時には、いつも揃《そろ》ってお迎えに出る。

「どうした？　筧」

いつもなら、神城が帰る時間には台所にいて、あたたかい食事を用意している筧が、茶の間にぼんやり座っているので、神城は少し心配そうな声で言った。

「風邪でもひいたか？」

「え、いえ」

筧は慌てて立ち上がった。今日は筧が日勤で、神城は遅番だった。

「ご飯、あたためますね。今日は鶏手羽元《とりてばもと》の醤油《しょうゆ》煮です。コラーゲンたっぷりで、美容にいいですよ」

少し引きつった笑顔で言うと、神城の大きな手が伸びてきて、筧の頭をぐりぐりと撫でた。

「美容か。そうだな、おまえ、お肌ぷるぷるだもんな」

手の甲でするりと頬《ほお》を撫でられて、筧は自分の耳が熱くなるのを感じた。まるで突き飛ばすようにして、神城を押しのけ、台所に飛び込んでしまう。

「おーい、筧ーっ」

「手洗って、座っててくださいっ。すぐご飯にしますからっ」

鍋の中に作ってあった手羽元の醤油煮に火を点《つ》けてあたためながら、常備菜の昆布の佃煮《つくだに》と長いものおかかがけを用意し、野菜たっぷりの味噌汁を軽く煮立てて卵を落として、ご飯をつける。

筧が眺めていたのは、今日庶務からもらってきた寮の申込書だった。今のところ、いっぱいにはならなそうなので、急がなくてもいいが、五月の末までには申し込んでくれと言われた。

〝どうしよう……〟

五月の末なら、まだ田島はセンターにいる。その頃には……いろいろな意味で決着がついているかもしれない。筧は味噌汁に落とした卵の様子を見る。うまく半熟になったところで火を止め、素早くお椀《わん》に盛る。

「もしも、出ていくことになったら……」

この家を出ていくことになったら。この家を出ていってほしいと言われたら。

〝その時には〟

「ご飯できましたよー」

お盆を用意して、ほかほかの炊きたてご飯と半熟卵の味噌汁、常備菜をのせ、最後にたっぷりと深めの皿に盛った鶏肉と大根をのせる。

この家を出ていくことになった時は。

「笑顔で……出ていこう」

泣いたり、わめいたりはしない。彼にはたくさんの幸せをもらったから。初めて人を愛することを覚え、愛される幸せを知ったから。

幸せにはいつか終わりが来る。夢と希望を持って結婚し、筧という一人息子を得ながら、別れてしまった両親のように。

結婚という形があっても、道を分かつことがあるのに、自分と神城の間には何もない。あるのはただ『好き』と『愛している』という言葉だけだ。言葉が無力だとは思わないが、医療という超のつくリアルの中にいると、何を言っても虚しくなる瞬間があるのは確かだ。どんなに言葉を尽くしても、目の前に横たわる事実に打ちひしがれる瞬間があるのだ。

「おう、うまそうだな」

犬たちに囲まれて、座卓の前に座っていた神城が相好を崩す。

「おまえは食べたのか?」

「いえ、待ってました」

今目の前にある幸せに微笑んで、筧は夕食のテーブルを整えた。

ACT 8.

春はとても不安定な季節だ。汗ばむような陽気の翌日には、雨が降り、ぐんと気温が下がる。

「雨だよ、雨っ」

ヘリポートからストレッチャーを押してきた立原《たちはら》が慌てたように駆け込んできた。

「急に降ってきたよ。患者さん、濡《ぬ》れてない？」

聖生会《せいせいかい》中央病院救命救急センターのヘリポートは、センターのすぐ外にある。ヘリの発着という都合上、屋根をかけることはできない。基本的に、ヘリは雨の日には飛ばないということが前提なのだが、今日は突然雨が降ってきたのだ。

「大丈夫です。すぐレントゲンでいいですか？」

患者の様子を見て、風見《かざみ》が言った。

自宅庭の果樹の収穫中に転落した傷病者だった。多発骨折の疑いでドクターヘリ出動が要請され、宮津《みやつ》が飛んだのだ。

「バイタル落ち着いてるから、レントゲン行くよ。指示は向こうで出すから」

「あ、私も行きます」

田島《たじま》が軽く手を上げた。立原がにこっとする。

「助かります。先生、整形外科ですもんね」

傷病者がレントゲンを撮りに初療室を去ったところで、フライトしていた宮津が戻ってきた。ナースは南《みなみ》である。

「お疲れ」

初療室担当だった神城《かみしろ》が宮津を迎える。

「雨か？」

「ええ。ぎりぎりでした。飛んでいるうちにどんどん空が曇ってきて。めずらしく高杉《たかすぎ》さんが慌てていました」

「へぇ」

神城がおもしろそうに片眉《かたまゆ》を上げる。

「いつもすましている高杉が慌てるとは。見てみたかったな」

「駐車車両がいて、救急車が現場になかなか入れなくて。俺たちは歩いて現場入りできたんですけど、搬送ができなくて、離陸が遅れたんです」

宮津が濡れた髪をタオルで拭《ふ》きながら言った。

「救急車が入れないんですから、あれが火事で、消防車が入れなかったら……大変なことになりますよね。レッカー車も出たんですけど、そもそもレッカー車自体が入れないんですよ」

「住宅街か？」

「ええ」

神城の問いに、宮津が頷《うなず》く。

「迷路みたいでした。高杉さんには離陸を急がされるし、救急車は入ってこられないし。久しぶりに焦りました」

雨がざっと来る気配がした。今日は、この後は飛べないだろう。急速に気温も下がっている。と、宮津が小さなくしゃみをした。神城が小柄な宮津の肩を軽く叩《たた》く。

「着替えてこいよ。おーい、筧《かけい》っ」

「はい」

「な、何だ、いたのかよ」

神城が大きな声を出したのに、筧は近くにいた。

「宮津先生、コーヒーいれておきますので、着替えていらしてください。それから」

筧は神城を見た。

「画像が入ってきています。ご覧になりますか？」

「おお」

同時に、神城のポケットでPHSも鳴った。

「はい、神城。ああ、立原先生か。ああ……画像入ってきてる。うん……これな、典型的なモンテジア骨折だな。手術適応だと思う。……あと、両足踵骨《しょうこつ》の骨折な。これは……このままだと崩れるかなぁ。アントンセンも撮ってもらってくれ。内斜位でも外斜位でもいいから。高井《たかい》がわかってるから、まかせていい。それから……一応、ざざっとCT撮ってきてくれ。高エネルギー外傷はどこがいってるかわからんことあるからな。……ああ、よろしく」

ざっと指示を与えて電話を切り、神城は画像をさらに見ている。

「筧」

「はい」

返事をしながら、筧はすでにシーネの準備をしていた。モンテジア骨折は橈骨頭脱臼《とうこつとうだっきゅう》を伴う尺骨骨折だ。手術適応ということは、このまま病院の整形外科に送ることになるが、固定はしておいた方が患者は楽だろう。神城がふっと笑った。

「おまえは本当に手のかからん子だな」

「先生も手のかからない先生になってください」

「やだっ」

いつの間にか戻ってきていた田島が神城の後ろで吹き出していた。

「神城先生と筧くんって、何だかお笑いコンビみたい」

「……こんな人とコンビにしないでください」

筧は平坦《へいたん》な口調で言って、ビニールに包まれているシーネを箱から取り出した。ぐっと半分くらいで曲げ、形を作って、固定用の包帯を用意する。

「田島先生、向こうはいいのか？」

「ええ。立原先生がついていてくださるから。私のやることなさそうだし」

田島が少し寂しそうに言った。

「……悔しいな。研修中だから仕方ないけど、ここで整形っていうと、やっぱりあなたなのね」

「あ？」

田島に振り向いてから、神城はああと頷いた。

「立原先生が俺に所見を求めてきたからか？」

整形外科医である田島がそばにいたはずなのに、立原はレントゲン写真を読んでの所見を神城に聞いてきた。

「そりゃ、仕方ねぇや。あくまで、おまえは石ヶ丘《いしがおか》病院の医者だ。ここでの仕事に完全に責任を持つことはできないだろ？　まぁ、立原先生はそこまで考えていないかもしれないが、俺はそういう風に考えてる」

神城はさらりと言った。

「研修中には、妙なプライドは捨てた方がいい。ここでのおまえは習うことが仕事。まぁ、おまえが教えることもあるかもしれないが、基本は習うことが仕事だと思った方が楽になる」

「……別に楽になりたいとは思わないけど」

田島が少し拗《す》ねた調子で言った。

「でも、私だって医者よ。ディスカッションくらいしてもいいと思わない？　やっぱり女医って、だめなのかな」

「女医だからじゃなくて、そんなこと言ってるからだめなんじゃないの」

すっと言葉を挟んだのは、篠川《ささがわ》だった。会議から帰ったところらしく、いつも以上に不機嫌な顔で、小脇《こわき》にはファイルとノートを抱えている。

「余計なこと考えてる暇があったら、仕事するか勉強するかしなよ」

「篠川先生……っ」

「外来の方に患者さん来てるよ。とっとと戻りなよ」

吐き捨てるように言うのが怖い。神城や筧は慣れているが、田島の顔がすっと白くなった。センターに来た医師たちが一度は遭遇する真昼のホラーだ。

「叶《かなえ》師長」

篠川がおもしろくもないといった顔をして、叶を呼んだ。

「はい、篠川先生」

「田島先生をさっさと外来ブースに監禁して。押っ放しとくとろくなこと考えないみたいだから」

強烈なセリフを言い放って、篠川は自分も外来ブースに入った。

「いやぁ、こえぇ」

軽い口調で神城が言い、田島の背中を軽くぽんと叩いた。

「ほれ、これ以上怒られないうちにさっさと行けよ。今日のおまえさんの仕事はあっちにあるようだ」

「あ、うん……」

田島は叶にも促されて、少し不服そうに外来に向かった。

「神城先生」

そこに、元凶とも言える立原が戻ってきた。本人は何かをしでかした意識もなく、いつものように穏やかな表情をしている。

「あ、筧くん、もうシーネ用意してくれているね」

目敏《めざと》くシーネを見つけて、立原がにっこりする。

「さすがだなぁ。じゃ、先に固定しようかな」

「CTはどうだった？」

ストレッチャーのストッパーを止め、神城は傷病者の左腕を取った。

「指輪はないね？」

「はい……ないです」

腕を骨折すると、指の方までむくんでくる。指輪をしていると抜けなくなってしまうので、むくむ前に指輪を外しておかなければならない。

「じゃあ、まず固定だな」

筧が簡単に曲げておいたシーネを微調整して、骨折している傷病者の左腕を固定し、後は両足の踵《かかと》を診る。

「圧迫骨折あったか？」

神城の問いに、立原は頷いた。

「第十二胸椎《きょうつい》と第一腰椎《ようつい》の破裂骨折がありました。骨盤骨折はありません」

「まぁ、不幸中の幸いか。じゃ、病院の整形に渡すか」

「はい」

立原は頷くと、病院の整形外科に連絡を取った。

「あ、センターの立原です……」

神城は傷病者の身体《からだ》を丁寧に診察している。

「……さて、少し話をしようか」

身体の痛みに不安そうな患者の顔をのぞき込んで、神城が言った。


その患者が運び込まれてきたのは、午後からの雨が降り続けている夕暮れ時のことだった。気温がぐっと下がり、とても五月とは思えないほど寒い夕方だった。

「患者さん、お願いします」

救急車が搬入口に着き、ストレッチャーが引き出されてくる。

「意識障害ってことだけど」

遅番の時間帯に入り、初療室で救急車を受け入れたのは、田島と神城だった。

「はい。自宅の玄関先に倒れていたそうです」

患者は七十代の男性で、基礎疾患は不明。独居で、自宅の玄関前に倒れているところを近所の住人が発見し、通報したのだという。

「バイタルサインは？」

「血圧86／60、ハートレイト52……」

「意識は一度も戻らないの？」

ステートをつけて、田島が診察を始めた。神城は救急隊から聞き取りを続けている。

「はい。我々を呼んでくれたご近所の方がいらしたんですが、やはり発見してから、一度も意識は戻っていないと」

「ふぅん……」

神城はちらりと診察を続けている田島を見た。バイタルサインを確認しながら、全身状態を診ていく。

「ドロップテスト陽性……バイタル落ち着いてるうちにCT……」

「こらこらこら」

神城が首を横に振った。

「違う違う。まずは酸素投与、ルート確保。それから……筧」

「はい」

今日の筧は日勤だったが、救急車が入ってくるので、まだ居残っていたのだ。時間的には遅番の時間帯である。

「どうぞ」

筧はデキスター（簡易血糖測定器）を差し出した。常に救急カートに積んであるものだ。神城がにっと笑った。

「相変わらずデキる奴《やつ》だ」

褒められているのに、なぜかいつもほど嬉《うれ》しくない。

「田島先生、頭の精査行く前に、ちゃちゃっとデキスターチェックしよう。結構、ここで引っかかるんだぜ」

神城は筧から受け取ったデキスターを手にすると、患者の指先をさっと消毒し、素早く穿刺《せんし》した。ぷくりと溢《あふ》れた血液のしずくを軽く血糖計で吸引し、測定値が出るのを待つ。

「ほい出た」

ピーッと小さな音がして、液晶画面に『36』という数字が出た。

「当たりだな」

70㎎／dl以下で症状が出ると言われる低血糖で、36は意識障害が出ても不思議のない値だ。患者は低血糖性昏睡《こんすい》だったのである。

「筧、ルートは」

「22Gで確保しました。開始液を繋《つな》いであります」

「んじゃ、50パーセントグル40ml側注。その後、5パーセントグル繋いでくれ。デキスターチェック忘れるなよ」

「はい」

筧は淡々と頷くと、患者の処置にかかった。田島が慌てたように手を出してくる。

「私がやるわ、筧くん」

「はい、お願いします」

筧はあっさりと譲り、救急カートに積んである薬剤で、低血糖昏睡のための処置の準備を始めた。シリンジに50パーセントのブドウ糖を吸い上げて、田島に渡す。20 mlを2本分だ。田島は慎重にブドウ糖を投与していく。40 mlを静脈投与し、点滴に繋ぎ替える。

「……意識戻らないわね」

田島がつぶやいた。筧はすいとその場を離れると点滴室に行った。ごそごそと棚を探り、電気毛布を持って戻ってくる。ついでに加温器のスイッチを入れて、5パーセントブドウ糖のボトルを2本放り込む。

「筧くん?」

筧は無言のまま、毛布を広げて、患者の身体を包み込んだ。電源を繋いでスイッチを入れる。そして、顔を上げ、神城を見た。

「酸素に加温してよろしいですか?」

神城が軽く頷く。

「……おまえ、できすぎ」

「そんなことないです」

酸素の加温加湿スイッチを入れ、温度と湿度を調節する。そんな筧の動きを、きょとんとして田島が見ている。

「あの……筧くん？」

「田島先生」

筧が振り返った。冷静そのものの口調で言う。

「患者さんに触ってください」

「え……？」

筧は手を伸ばし、患者の頬《ほお》に軽く触れた。

「ステートだけじゃなくて、手で触れてください。触れればわかると思います」

「触れる……？」

田島が手を伸ばした。患者の腕に軽く触れる。

「冷たい……っ」

慌てて、そばにいた叶に指示する。

「ごめんなさい。直腸温を計ってください……っ」

「はい、先生」

叶が静かに答えて、患者の直腸温を計った。

「30・6℃です」

「低体温……」

田島がびっくりしたように患者を見ている。

「そんな……五月よ……？」

「今日は雨が降って気温が一気に下がったからな。しかも、玄関先で倒れてたんだ。コンクリか冷たい石の上にずっと倒れていたんだろう」

神城が言った。

「その上、基礎疾患があったんだろうな。たぶんDM（糖尿病）、あとアルコールとかもあるかもなぁ。何にしても、注意不足だよ、田島先生」

筧は神城の声を背中に、加温器の方に歩いていった。低体温の患者は、とりあえず体温を上げてやらねばならない。身体を電気毛布やハロゲンヒーターであたため、酸素は加温加湿、あとはあたためた点滴を使う。加温器では足りないので、少し熱めのお湯で湯煎《ゆせん》するつもりだった。

「でも……バイタルサインを教えてくれる時に体温も……」

田島が少し不服そうに言う。しかし、神城は首を横に振った。

「ごちゃごちゃ言ってる間に、患者に触った方が早い。筧の言うとおりだ」

そして、筧を振り返り、筧がいちばん好きな笑顔で笑った。

「な？　筧」

〝どうして……そんな顔するんだよ〟

筧はうつむいて、患者の方を見るふりをしていた。

〝どうして、俺をもっと好きにさせるんだよ……〟

あなたを好きになればなるほど、今の俺は苦しくなる。

あなたを好きになったことを後悔はしないけれど、少し苦しい。

少しだけ苦しい。


五月の半ばを過ぎて、夜になってもそれほど気温が下がらなくなった。頬にふわふわとしたあたたかい風を感じながら、筧は家への道を歩いていた。

「雨になるかな……」

今日は曇っているらしく、星の一つも見えない。ただ濃いグレイの雲がいっぱいに空を覆っているだけだ。家に着くまで雨にならないでほしいと思いながら、筧は足を速めた。

今日は遅番の勤務だった。午前十一時に勤務に入り、午後八時までだ。帰りが遅くなるのは別に構わないのだが、勤務に入って二時間で昼休みになり、その後が六時間もあるというバランスの悪さが、筧は苦手だ。

「洗濯物、乾燥機にかけといてくれたかな……」

炊事は苦手だが、実は神城のそれ以外の家事能力はなかなかのものだ。きちんと掃除もするし、洗濯もする。だから、筧もその部分では、勤務によってはまかせてしまうこともある。今日は自分が遅番だったので洗濯をして、まだ天気の悪くなかった午前中に外に干し、神城に夕方に取り込んで、乾燥機にかけてくれるよう頼んでおいたのだ。晩ご飯は、朝のうちにハンバーグを仕込んでおいた。ハンバーグと言っても洋食ではなく、タネに青じそや生姜《しょうが》を混ぜ、大根おろしを添えて食べる和風ハンバーグだ。一度作ったら、神城がすっかり気に入ってしまい、作り置きできることもあって、たびたび食卓にのぼっている。それにお豆腐とわかめのお澄まし、切り干し大根と高野豆腐の煮物が今日の晩ご飯である。

「早く帰らないと……」

先に食べていていいと言っても、神城はたいてい待っている。筧が作っていくつまみを食べながら、ビールを飲んだりして待っているのだ。

からりと格子戸を開け、それから玄関の引き戸を開ける。

「ただい……」

言いかけて、筧ははっと言葉を飲み込んだ。

「誰か……来てる……？」

神城の家の玄関はいつもきちんと片付いている。犬が三匹いるので、何かの拍子にいたずらされないように、靴は散らかさないようにしているのだ。犬たちはしつけがいいが、何せ三匹である。テンションが上がることもある。今日も玄関には、神城が履いて出ていたレザーのスニーカーが一足だけのはずだったが、もう一足、きちんと揃《そろ》えられた靴があった。

〝パンプス……？〟

靴はヒールの高いパンプスだった。きれいなカットワークが施されたおしゃれな靴だ。どこから見ても立派な女性ものである。

「何で……？」

神城は、あのキャラのわりに交際範囲が狭い。飲み会などにはよく誘われるし、本人も出ていくのだが、自宅を行き来するような友人と言えば、賀来《かく》や篠川くらいだし、家族が来るのも、実家に行くのも、筧が同居してからはなかった。

〝誰……？〟

筧はそっと靴を脱ぎ、家の中に入った。いつもとことこと出てくる犬たちも、今日はいない。愛想のいいお客好きの犬たちである。たぶん、神城の客をもてなすために部屋の中にいるのだ。筧は静かに廊下を歩き、台所に入った。神城は客をほとんど使ったことのない客間ではなく、茶の間に招き入れたらしい。掃除はきちんとしてあるし、散らかってもいないはずだが、筧は何となく恥ずかしい気がしていた。普段の生活をしている場所だ。客を招き入れる準備はしていない。

〝先生のご家族だったら、嫌だなぁ……〟

茶の間は台所の隣だ。間に磨《す》りガラスの入った窓のついた引き戸があるので、声は聞こえるが、客の姿は見えない。

「まったく……遊びに来いとは言ったが、あれは社交辞令だぞ。本当に来るか？　普通……」

神城の声が聞こえた。彼の声はよく響く通りのよい声なので、引き戸越しでもよく聞こえる。

「いつ来たっていいって言ったじゃない」

〝え〟

神城がぶつぶつ言うのに、笑って応じているのは、滑らかなアルトだった。

「ご丁寧に、家の場所まで教えてくれて」

「おまえが聞いたんじゃねぇか」

筧はそっと引き戸の窓の部分から茶の間をのぞいた。古い引き戸はかなりあちこちにガタが来ていて、窓の部分が少しゆがんでいる。ガラスとの間に少し隙間《すきま》があり、そこから茶の間がのぞけるのだ。こちらに横顔を見せて、神城が座っていた。くつろいだ姿で、彼のまわりには、犬たちがそれぞれさまざまな格好で、寝たり、座ったりしている。みんな、身体のどこかで神城に触れているのが可愛《かわい》い。

「ランドマークはどことか、病院から近いのかとか。別に隠す必要もねぇから教えただけだ」

「古民家一歩手前とか言ってたけど、きれいにしてるじゃない」

神城の向かいにきちんと正座しているのは、やはり田島だった。女性らしい柔らかいブラウスに、彼女のトレードマークともいえる短めのタイトスカート姿の彼女は、屈託なく笑っていた。

「もっとすごいところに住んでいるかと思った」

「まぁ……掃除と洗濯なんかは嫌いじゃないからな。いい気分転換になる」

膝《ひざ》にもたれてくる凜《りん》を撫《な》でながら、神城が言った。ツンデレの凜だが、ツンの時期が過ぎてデレるようになると、こんな風にべったりとくっついてくることがある。好奇心の旺《おう》盛《せい》な鈴《すず》はきちんとお座りしているが、じっと田島を見ている。華《はな》は凜とは反対側《はんたいがわ》の神城の膝に顎《あご》をのせて、目を閉じていた。犬たちはそれぞれにリラックスして、神城のそばにいる。そう、まるで家族だ。

〝俺が……いなくても〟

「そういえば、そうだったね」

田島がうんうんと頷いた。彼女が両手で包むようにして持っている湯飲みは、筧が買ってきたものだ。神城の家には、製薬会社のノベルティの湯飲みかカップしかなくて、筧が一緒に住むようになってから、高価ではないものの、筧が気に入ったものを揃えたのだ。

「意外と家事能力あったっけ。料理はだめだめだったけど」

「言うな。おまえだって、お惣菜三昧《そうざいざんまい》のくせに」

「忙しかったんだもーん」

笑い崩れる二人を、筧は苦いものを飲み込む表情で見ていた。

〝一緒に……暮らしたことあるみたいだ〟

筧だって、一緒に住むまで、神城の家事能力なんて知らなかった。身だしなみはきちんとしていたので、それなりにちゃんと暮らしているのだろうとは思ったが、掃除と洗濯はできるのに、料理がここまでだめだめだなんて、一緒に暮らすまで知らなかった。

〝先生、この人と……〟

考えてみたら、筧は就職した後の神城しか知らない。大学時代の神城と言えば、医局に所属していた頃の、看護大学へ来ていた講師としての姿しか知らない。彼がどんな大学時代を過ごし、どんな医局員生活をしていたのか、まったく知らないのだ。筧もわざわざ聞かなかったし、神城も話さなかった。それは秘密とかそういうものではなくて、筧も神城も今にいっぱいいっぱいのところがあって、過去にまで言及していられなかったのだ。聞けば、きっと神城は隠さなかっただろう。正直に何もかもをさらけ出したに違いない。それがわかっているから、逆に筧は聞かなかった。いつでも聞けるからと。何でも聞けるからと。

〝この人と結婚しようとしていたっていうの……本当かもしれない〟

こうして、神城の家の茶の間で向かい合っている姿がとても自然に思えた。お互いにリラックスして笑い合って……その姿がとても自然だった。

〝やっぱり……俺と先生の関係は……不自然なんだ〟

涙が勝手にこぼれてきた。ずっとずっと胸の片隅にあって、でも、ずっと否定し続けてきたことが、目の前に事実として突きつけられている。

〝先生には……俺よりこの人が似合う……〟

この人は女性で、医師で、神城と青春を共にしていて……マイナス要因は何もない。二人が一緒にならない理由が何もない。むしろ、なぜ離れてしまったのかが不思議である。

〝たぶん……田島先生は神城先生のことをずっと好きだった……〟

だから、同じ整形外科医となり、同じ系列の病院に就職し、そして、今、同じ救命救急医へとシフトしようとしている。彼女には実行力がある。強い意志があって、能力があって、そして、自分の人生をしっかり自分で切り開いていく。

〝敵《かな》わない……よな〟

涙がぽとぽとと音を立てて、台所の床に落ちる。

〝俺、何で泣いてるんだろう……〟

泣くつもりなんてないのに。こんなの当たり前なのに。

すぐ近くに、賀来と篠川や宮津と藤枝《ふじえだ》という、とてもぴったりなパートナー同士を見てしまっているせいか、自分も神城とそうなれると思い込んでしまっていた。彼が囁《ささや》いてくれる言葉にとっぷりと浸《つ》かって、甘えてばかりいた。

〝俺、先生に何もしてあげてなかった……。もっともっと……幸せにしてあげなきゃ……もっと努力しなきゃ……ならなかったのに〟

彼があまりに優しかったから……寛を包み込んでくれたから……調子に乗って、わがままばかり言って、きついことばかり言って……。

〝この家に入れるのは……俺だけだと思ってた〟

彼が受け入れるのは、自分だけだと思っていた。自分だから、一緒に暮らそうとしてくれたのだと思っていた。でも。

〝俺じゃなくても……よかったんだ〟

自分だって、この家の敷居《しきい》は高かった。彼のプライベートに踏み込んではいけないと思っていて、玄関先まで来ることはあっても、室内に入ったのは、彼と関係を持ってしまった……あの夜が初めてだった。

〝俺だから……だと思っていた……のに〟

自分の涙に溺《おぼ》れそうだ。

〝俺の身体の中に……こんなに水分あったんだ〟

くだらないことを考えて、ふふっと笑ってしまう。涙をぼろぼろとこぼしながら、笑いが止まらない。

「俺……馬鹿《ばか》みたいだ……」

思わずつぶやいてしまう。と、その微《かす》かな声に、凜が耳をピクッと動かした。凜は神経質で、特に耳のいい子だ。ふっと起き上がり、とことこと歩き出す。

〝あ、まずい……っ〟

こんなぐちゃぐちゃの顔を神城に見せるわけにはいかない。いや、顔というより、今ここにいることを神城と田島に知られたくない。筧は両手のひらでごしごしと涙を拭《ぬぐ》うと、慌てて玄関に向かった。ぱたぱたと走り出した凜につられて、華と鈴も走り出す。

「どうした？」

神城が不思議そうな顔をして、立ち上がる。筧は玄関に走ると素早くスニーカーをつっかけた。そのまま玄関を飛び出す。

「……筧か……っ？」

犬たちがわんわんっと吠《ほ》えている。どこに行くの？　ここからどこに行くの？　と尋ねるように。

「おい、筧、どうした」

よく響く神城の声を背中に、筧は家を飛び出して、夜の道を走り出していた。

ACT 9.

「おはようございます」

筧《かけい》はぺこんと頭を下げた。

「おはようございます」

エプロンをかけた姿でにっこり微笑《ほほえ》んだのは、起き抜けでも、エプロン姿でもやっぱり美しい人だった。

「朝ご飯食べる?」

芸術的な目玉焼きを作成しながら、賀来《かく》はにこりとして、筧を見た。

「目玉焼きとサラダ、スープ、パンくらいだけど」

「あ、いえ、そこまでお世話になっては……っ」

「いいよ、ついでだから」

こっちは対照的に不機嫌な顔つきの篠川《ささがわ》だ。

「玲二《れいじ》、この欠食児にも食べさせてやって。一人分くらい増えても大丈夫でしょ」

「もちろん」

賀来は頷《うなず》くと、できあがった目玉焼きをお皿に移し、次の目玉焼きを作り始めた。

「臣《おみ》、コーヒーいれて。それから……筧くん、パンあたためてくれる？　トーストがよかったら、焼いてね。僕と臣は、そこの白パン、レンジであたためて食べるからよろしく」

「あ、はい」

筧は素直に頷くと、ここだけで、以前筧が住んでいたアパートが全部入りそうな広いキッチンに足を踏み入れた。

「パン、そこね。白パンと山形食パンが入ってるから」

「はい」

テーブルの上に、何だか懐かしい感じのする茶色の紙袋があって、中にパンが入っていた。筧は少し考えてから、自分も白パンを食べることにして、食パンを取り出して、テーブルの上に置いてあった皿に入れ、白パンを紙袋に入れたまま、電子レンジに入れた。そして、目玉焼きを慣れた手つきで作っている賀来を見る。

「他《ほか》に何かしましょうか」

「いいよ、座ってて。サラダはもうできてるし」

「でも……」

「いいっていいって」

篠川がコーヒーメーカーのサーバーを外して、三つ並べたマグカップにコーヒーを注いでいる。

「ここは玲二の城だから。僕たちは大人しく従ってればいいの」

「あ、はい……」

確かに、ここは賀来と篠川の家で、箟は突然飛び込んだ招かれざる客なのである。

「すみません……」

小さくなってダイニングの椅子《いす》に座ると、とことことコーギー犬が二匹寄ってきた。この家で飼われているスリとイヴだ。可愛《かわい》らしい顔をした犬たちを見ると、置いてきてしまった三匹の柴犬《しばいぬ》たちが恋しくなってしまう。彼女たちは、突然飛び出していって帰ってこなかった箟のことをどう思っているだろう。犬は結構空気を読む動物なので、箟の普通ではなかった様子をきっと嗅《か》ぎ取《と》っている。

〝心配してるかなぁ……〟

ふかふかの犬たちを眺めていると、たまらなく自分の犬たちが恋しくなってしまう。そして。

〝先生……〟

神城《かみしろ》はどうしているだろう。朝ご飯は食べているだろうか。朝はいつもご飯と味噌汁《みそしる》、鮭《さけ》の焼いたのや卵焼き、浅漬けなんかで、わりにきっちり食べるのだが、神城は一人暮らししていた頃には、コーヒーだけだったこともあったらしい。

〝今日は……どうしただろう〟

もしかしたら、あの人が泊まっただろうか。そして、朝ご飯を作っているかもしれない。あの人はどんな朝ご飯を作るのだろう。

〝あーもうっ！　やめやめっ！〟

頭をぶんぶん振っている筧を、犬たちが不思議そうに見ている。くりくりとした目が、柴犬たちを思い出させて、何だか寂しくなる。

「スリ、イヴ」

コーヒーをテーブルに置きながら、篠川が犬たちに声をかけた。

「お客さんのそばにいてあげなさい。その人は寂しいようだから」

「せ、先生……っ」

ピーッと音がして、パンがあたたまったようだ。篠川は、身軽に冷蔵庫からバターを取り出し、ふわっと湯気を上げるパンに添えた。ちょうど、目玉焼きも三人分できて、賀来はテーブルにお皿を並べ、冷蔵庫から大きめのボウルに入ったサラダを取り出す。スープカップには、コーンの甘い香りのするポタージュだ。

「さ、食べようね」

賀来がエプロンを外して、テーブルにつく。篠川も座り、犬たちは飼い主の相方の言うことを素直に聞いて、筧の足にふかふかの身体《からだ》をつけて、足を伸ばして寝そべった。

「はい、いただきます」

賀来がにっこり微笑んで言った。

神城の家を走り出た筧は、若さとその場の勢いに任せて、かなりの距離を走ってしまった。

「……どこ行こう……」

息を弾ませて立ち止まり、両手を膝《ひざ》のあたりにつけて、うつむいて考える。

「センター……行こうかな……」

センターなら、仮眠室もあるし、ロッカーに着替えも置いてある。しかし、夜勤でもないのに顔を出し、仮眠室に潜り込んだりしたら、神城との同居がバレているだけに、何があったのかと厳しい突っ込みを受けそうだ。

「どうしよう……」

それは実家に行っても同じことだ。タクシーで行って行けない距離ではないが、神城の家に犬と共に引っ越したことを知っている母は、筧が突然戻ってきたら心配するだろうし、質問攻めにもされるだろう。

「……とりあえず……」

晩ご飯を食べ損なったことは間違いない。何かを食べさせてもらえて、もしかしたら……話も聞いてもらえるところは、一ヵ所しか思いつかなかった。


『le cocon《ル・ココン》』のドアを開けると、カランとベルの音がした。

「いらっしゃいませ」

いつものように、藤枝《ふじえだ》の落ち着いた声が迎えてくれる。今夜は宮津《みやつ》が夜勤のはずなので、カウンター右端の席は空いていた。

「おや、いらっしゃい。今日は一人？」

しっとりと柔らかい声が聞こえて、筧は店の奥に目をやった。

「賀来さん……」

賀来玲二のほの白い美貌《びぼう》が微笑んでいた。

「どうしたの？　顔色悪くない？」

有能な経営者は、目がいい。すぐに、筧が何かトラブルを抱えて、ここに現れたことを悟ったようだった。

「こっち来ない？」

「はい……」

賀来に招かれるままに、筧は彼の隣に座った。すっと藤枝が前に来る。

「筧さん、もしかして、お腹《なか》空いてますか？」

藤枝が低い声で言った。

「スープとパン程度でよろしければ、お出しできますよ？」

「……はい」

筧は素直に頷いた。

「晩ご飯、食べ損ねちゃって。少しお待ちください」

「わかりました。少しお待ちください……」

藤枝がすいと離れていき、カウンターの中で簡単な軽食の準備を始めた。筧には、繋《つな》ぎにとあたたかいカフェラテを出してくれる。

「……賀来さん」

筧はそっとラテに口をつけた。ミルクの甘みが優しい。ほっとして、ついでにまた涙がこみ上げてくる。

「あの……このへんにウィークリーマンションとかないですか……？」

「え？」

賀来がいつものアメリカン・フィズを飲みながら、わずかに首を傾《かし》げた。

「どうかなぁ……ここらへん、住宅街だからねぇ。大きな会社もないし……」

賀来は藤枝を見る。藤枝は少し離れたところにいたが、話は聞こえたらしく、軽く首を横に振った。

「アパートやマンションはありますが、ウィークリーは聞いたことないですね」

「じゃあ……」

筧はうつむいて言う。

「どこか……ホテルとかないですかね。ビジネスホテルみたいなの」

「筧さん」

賀来がびっくりしたように目を見開いた。美形のびっくり顔は何だか可愛い。

「どうしたの？　何かあったの？」

「…………」

うつむいて黙り込んでいる筧の前に、とろりとした白っぽいスープとカリッと焼いたスライスされたバゲット、バターのボールが置かれた。

「どうぞ、ポワローとじゃがいものポタージュです。パンが足りなかったら、今日焼いたマフィンもありますから」

「……ありがとうございます」

スープは少し黒胡椒《くろこしょう》が挽《ひ》いてあって、アクセントになっている。カリッとしたパンにバターを塗って、口に入れると少し塩の効いたバターがおいしかった。一口食べると、自分が意外にお腹を空かしていたことに気づく。と同時に、こんなに悲しくても、つらくてもお腹が空く自分に少し呆《あき》れてしまった。くすっと笑ってしまうと、賀来が何？　という顔をしている。筧はあたたかいスープでくうくう鳴いていたお腹をなだめて、ふっとため息をついた。

「家には……帰れないので」

「家って、神城先輩の？」

賀来に言われて、筧は少し迷ってから、こくりと頷いた。賀来が柔らかく微笑む。

「どうしたの？　喧嘩《けんか》でもした？」

「……いいえ」

喧嘩の方がまだましかもしれない。いっそのこと喧嘩になってくれれば、言いたいことを言える。今の自分は、はっきり言って憶測だけで動いていて、でも、それを確かめることが怖くて、逃げ回っている状態だ。

こんなこと、長く続けられるはずはない。何せ、相手の神城は同じ職場にいて、場合によってはコンビを組むことになるのだ。いずれ、なにがしかのかたはつけなければならない。しかし、今はそんな精神的な余裕がない。次から次へとパンチが繰り出されてきて、筧はダウン寸前なのだ。意外に思われがちだが、筧はあまりメンタルが強くない。愚痴めいたことを口にしないので、メンタル強めに見られることが多いのだが、ストレスを口にすることでその中に没入してしまうことが怖くて、逆に表に出すことができない。故に、一人でぐちぐちと悩み、自己解決を図るのである。

「……少しの間、帰りたくないんです」

あたたかいスープに慰められながら、筧はぽろぽろと言葉をこぼす。

「そんなに長い間じゃないです。少し……一人になりたいんです」

「……そう」

賀来は静かに頷いた。ゆっくりとアメリカン・フィズを飲む。きちんと仕立てられた高価なスーツを着た彼は、まるで一枚の絵のように美しい。少し気怠《けだる》げにしばらく何かを考えていたようだったが、やがてうんと小さく頷いて、カクテルを飲み干した。

「筧さん」

賀来に改まって呼ばれて、筧ははいと顔を上げた。ちょうど、スープの最後の一口を飲み込んだところだった。

「じゃあ、うちに来る？」

さらりと言われて、筧は一瞬、賀来の顔を見てしまった。

「え？」

「いや、だから」

　賀来が少し笑う。

「行くところないなら、うちにおいでよ。ゲストルーム空いてるし」

「あ、空いてるって……賀来さんの家って、篠川先生の家……ですよね」

「そうだね。一緒に住んでるし」

　賀来はあっさり認める。

「でも、別に嚙《か》みついたりしないよ。大丈夫」

「いや、嚙みつくとかそういうことじゃなくて」

　篠川は筧の上司のようなものだ。しかも、彼は相当に気難しい。

「だめですよ……。絶対に、篠川先生が嫌がります」

「大丈夫だって。ゲストルームは臣の書斎からは離れているし、ゲストルーム自体にシャワーとミニキッチンついてるから、筧さんも気を遣わずにいられるだろうしね」

「筧さん」

　藤枝が、筧にコーヒーをいれてくれながら、静かに言った。

「ご存じとは思いますが、オーナーのお宅は広いですから、お気を遣われることはないと思いますよ。それに、篠川先生も筧さんが路頭に迷うより、ご自宅にいてくださる方が望ましいでしょうし」

「路頭に迷う……」

すごい言い方をされてしまった。賀来がにっこりと魅力的な笑みで追い詰めてくる。

「いいからおいで。一人で寂しい夜を過ごすより、うちのふかふかもこもこのわんこたちと一緒の方がいいよ」

確かに、あの可愛いコーギーたちには会いたい。特に、柴犬たちを置いてきてしまった犬ロスの今は。

「……わかりました」

筧はこっくり頷いた。

「すみません。お世話に……なります」

「今日の勤務は？」

朝ご飯を食べながら、篠川が聞いてきた。

昨夜、賀来が連れ帰ってきた着の身着のままの筧に、さすがに篠川は驚いたようだったが、ありがたいことに何も聞かずに泊めてくれた。

「……夜勤です」

夜勤は午後八時に入り、翌朝までの勤務になる。病院は三交代なので、センターはまったく違う勤務形態で動いているのだ。

「じゃあ、昼間のうちに身の回りのものを持ってきたら？　不便でしょ？」

「……はぁ」

篠川は実にあっさりとしている。もともとつかめないところのある人ではあったが、パートナーが連れ帰ってきた相手に対して、ここまで何も聞かないものだろうか。それとも。

〝それだけ信頼感があるってことなのかな……〟

篠川は賀来を完全に信頼しているから、賀来の行動に対しての意見は必要ないということなのか。

「ああ、行き所は慌てて探さなくてもいいよ。このとおり、ゲストルームは空いてるから、いつまでいてくれてもいい。まぁ、ずっと住むって言われたら困るけど」

「い、いいえ、そんなことは言いません……っ」

筧は慌てて言った。

「あの……病院の寮に入ろうと思います」

筧は両手を膝の上に置いて言う。

「もともと……そのつもりではいたんです。申込書ももらってありますし」

「そう」

篠川は軽く頷く。

「君がそのつもりなら、庶務の方には言っておくよ。さすがに今日からってわけにはいかないと思うけど、早々に入れると思う」

「ありがとう……ございます」

筧はぺこりと頭を下げる。

「本当に……ありがとうございます」


賀来と篠川の自宅マンションから神城の家までは、歩いていける距離だ。筧はゆっくりと歩きながら、スマホを取り出した。

「先生の今日の勤務は……」

筧のスマホには、神城の勤務表が入っている。食事の支度をする都合があるからだ。

「日勤だ」

日勤なら、今頃は出勤しているだろう。

「今のうちに、荷物運び出して……華《はな》たちを実家に連れていこう」

とにかく心配なのは、犬たちだった。神城はちゃんと世話はしてくれているだろうが、筧が神城の家を出るのに、犬たちを置いていくわけにはいかない。

寛は神城の家を出るつもりだった。自分があのまま神城と同居していたら、彼は自分の人生を歩けなくなってしまう。寛がいたら、田島《たじま》とつきあうことも結婚することもできない。

〝今なら……まだ戻れる〟

彼と身体の関係を持ってしまった時には、もう戻れないと思った。戻れない一線を越えてしまったと思った。しかし、彼と一晩離れて、一人のベッドで考えた。

今なら、まだ戻れる。自分さえ耐えれば。この胸に大きな穴が空いたような喪失感を乗り越えれば、まだ元に戻れる。いや、戻らなければならないのだ。

〝戻るんだ……仕事上のパートナーに〟

それだけでいいと思っていた。それだけで十分だと思っていたあの日々に帰るだけだ。その方が、きっと彼は楽になる。寛は苦しいけれど、こうして考えるだけで泣きたいくらいに苦しいけれど、彼は楽になるだろう。

そして、いずれ消えればいい。彼が新しい人生を歩き出したら、そっと消えればいい。彼がもう自分を必要としなくなったら、そっと消えるだけだ。

〝俺は……一人でも生きていける〟

一歩一歩歩きながら、寛は自分の心を探る。

「大丈夫……一人でも大丈夫」

胸が苦しいのは、きっと少しの間だ。長い間ではないはずだ。

神城の家は、この角を曲がれば目の前だ。


玄関の鍵《かぎ》はやはり閉まっていた。預かっていた鍵で開け、その鍵は茶の間のテーブルに置く。もらっていた部屋に行って、引っ張り出したスーツケースとボストンバッグに、衣類を詰め込んでいく。

一緒に暮らしてからの日が浅いので、意外に荷物は少ない。もともとものをたくさん持つタイプではないので、ここに越してくる時も身軽だった。かさばるのは、犬関係のものだ。スーツケースとバッグを車庫に置きっぱなしの軽自動車に積み込み、台所に置いてある犬たちの餌《えさ》を積み、朝ご飯を食べたままになっている三つのお皿を洗って、やはり車に積んだ。

「ちゃんと……散歩に行って、ご飯あげてくれたんだ……」

犬たちは縁側《えんがわ》にいた。陽の当たる縁側で、それぞれの格好でリラックスして、昼寝をしている。散歩に行かなければ、こんな風に休んではいない。たっぷり散歩をしてもらったから、きちんとご飯を食べ、大人しく休んでいるのだ。

「凜《りん》」

名前を呼ぶと、黒柴がピクッと耳を動かした。顔を上げて、筧を見る。

「鈴《すず》、華、おいで」

犬たちがむくりと起き上がり、筧のそばに寄ってきた。どうしたの？　と筧を見上げながら、じゃれついてくる。

「……おまえたちと一緒に暮らせないのが……寂しいよ」

犬たちはこのまま実家に連れていく。ゴマ柴の子犬の鞠《まり》がいるから、大変かもしれないが、三匹の犬たちはみな優しい性格だから、子犬と仲良くできるだろう。

「さ、おいで」

犬たちは首を傾げながらも、筧についてきた。玄関を出て、車庫に停《と》めてある軽自動車のバックドアを開けてやる。中には段ボールが三つ入っていて、心得た犬たちは一匹ずつ段ボールの中に入った。車に犬を乗せる時は、身体が安定しないと酔ってしまう。筧はいつも犬たちを車に乗せる時は、三個の段ボールをきっちりと詰め込み、そこに犬たちを一匹ずつ入れる。犬たちも慣れていて、それぞれの自分のお気に入りの箱に入る。

「さてと……」

バックドアを閉め、もう一度忘れ物がないか、家の中に戻る。

「家具は……あとで取りに来よう」

部屋は妙にがらんとして見えた。家具はそのままなのに、中が空っぽだと自分でわかっているので、そう感じるのだろう。ふっとため息をついて、自分にあてがわれた部屋の襖《ふすま》を閉めた時だった。

「え……？」

玄関の方で、何か物音がした気がした。

「やだな、誰かが車から落ちたんじゃないだろうな……」

ドアはきちんと閉めたつもりだったのだが。筧は慌てて玄関に向かった。

「え……っ」

玄関のたたきに降りようとした時、がらりと引き戸が開いた。

「……っ」

さっきの物音は外の格子戸が開いた音だったのだ。玄関の引き戸が開き、のそりと姿を現したのは。

「先生……っ」

そこに立っていたのは、仕事に行ったはずの神城だった。

「何やってる、筧」

低い声が響いた。

「何で、わんこどもが車に乗ってる」

「え……」

一瞬、言葉が出なくなる。筧はその場に棒立ちになって、玄関先に立っている神城を見た。

「何で……先生……」

今日、神城は日勤のはずだ。今はお昼前で、日勤なら仕事真っ最中のはずである。

「浅香《あさか》先生に頼んで、夜勤と代わってもらったんだよ。まったく……こんなことだと思ったぜ」

神城はずかずかと入ってきた。靴を脱いで、素早く筧のそばに立つ。

「何やってんだ、おまえ」

「何って……」

ぐいと腕をつかまれた。

「おまえ、この頃おかしいぞ。俺のこと、じーっと見てたかと思ったら、妙によそよそしかったり。その上、何だよ、これ。犬ども連れて、どこ行くんだよ……っ」

「離してください」

筧は冷静な口調で言った。

「病院の寮、男も入れるようになったんで、そこに入ることにしました。犬たちは実家に連れていきます。もともと実家の子たちだから」

「何言ってんだよ」

くる。

　神城は本当にびっくりしているようだった。筧の腕を痛いほどにつかんで、揺さぶってくる。

「何で、寮なんかに入るんだよ……っ。ここがおまえの家だろ？　あいつらだって、もう俺の家族だぞ？　何で勝手に連れていっちまうんだよ……っ」

　神城は悲痛な表情をしていた。明るいキャラクターの彼に、こんな顔をさせてしまっているのは自分だ。筧の胸がずきりと痛む。

「……犬たちはもともと実家の母が飼っていたものですから。今なら、まだ子犬に馴《な》れると思います。今なら、仲良くなれる」

「おまえの母さんだって、あいつらがこの家に住むことになったから、子犬を飼ったんだろ？　おまえ、言ってることがおかしいぞ。おまえはもうこの家にずっと住むんだろ？　ここにはおまえの部屋だってあるし、あいつらの部屋だってある。ここには何もかもがあるんだぞ……っ」

　ほんの数ヵ月しか住んでいないのに、すでに懐かしい家。少し軋《きし》む廊下も広い広い庭も、あたたかみのある木の匂《にお》いのするお風呂《ふろ》も、すべてが大好きだ。でも、ここに住むのがふさわしいのは俺じゃない。しかし、それを口にすることはできなかった。そんなことを口にしたら、きっと泣いてしまう。

　彼の前で泣くことはできない。彼の前で泣いてしまったら、きっと、優しい彼を苦しめてしまう。

今は引き留めてくれるだろう。彼はきっと、この家に自分を住まわせたことに責任を感じているはずだから。でも、いずれ後悔するだろう。あの美しい女性と自分を引き比べた時に。筧を家に入れるのではなかった。どうすれば出ていってくれるだろうかと。

〝だから……今出ていくんだ〟

今なら跳べる。思い切って、跳ぶことができる。勢いがついていて、自分を遠くに放り出すことができる。彼から遠い場所に。

「離してください」

筧は繰り返して言った。

「もう寮には申し込みずみです。母の腰もよくなっていますし、俺がここにいる理由はもうないです。今まで、ありがとうございました」

「筧……っ」

神城はいらいらしたように大きな声を出すと、筧の腕をつかんで、ずるずると家の中に引きずっていった。

「は、離してください……っ」

体格の違いは明らかだ。神城は恐ろしいような力で筧を引きずり、家の中に連れ込む。彼がどこを目指しているのかを悟った時、筧は全身が冷たくなるのを感じた。

「離してください……っ！　離せ……っ」

引きずり込まれた場所は、ベッドのある寝室だった。ベッドに向かって突き飛ばされ、跳ね起きる間もなく、押さえ込まれる。

「何で……っ」

筧は叫んだ。

「何で、こうなるんですか……っ！　俺を抱けばすむと思ってるんですかっ！　抱いて黙らせれば、何でもすむと思ってるんですか……っ！」

筧のシャツをまくり上げかけた神城の手が一瞬止まった。

「筧……」

「俺は……もう嫌だ……っ」

両手で顔を覆って、筧は叫ぶ。

「もう……こんなの嫌だ……っ」

ここで彼に抱かれてしまったら、なし崩しになってしまう。彼にすっかり馴らされてしまった身体は、彼の与えてくれる深い快楽にあらがえない。この心も身体も、怖いくらいに彼のものなのだ。

「筧……」

神城の顔がすうっと白くなった。

「そんなに……」

冷たくなっていく手が筧の頬《ほお》を軽く撫《な》で、そして、離れていく。

「そんなに……嫌だったんだな……」

きしりとベッドが軋み、神城がベッドの上に乗り上げていた足を下ろした。

「そう……だよな。嫌に決まってるよな……」

筧は身体を丸めて、じっと身を固くしていた。

叫びたかった。そんなことはないと。あなたが好きでたまらないと。あなたが好きで、大好きで、ここにこのままいたいのだと。

でも、言えなかった。言ってはいけないと思った。あなたが好きだから……あなたのそばを離れると決心したのだから。

「……そうだよな。おまえ、嫌がってたもんな……。嫌に決まってるよな……」

彼の声が泣き出しそうに揺れていた。

「ごめんな……。そんなに……おまえに嫌がられてたなんて気づかなかった……。おまえ、いっつも可愛い顔で……笑ってくれるから。何でも……許してくれたから」

筧はただ身体を固くして、じっとうずくまっていた。

このベッドで、何度も何度も彼に愛された。彼にすべてを教えられた。どうやれば、もっと快楽が深くなって、彼から離れられなくなるか……彼を離さずにすむか。時間も忘

れて、お互いの身体を貪《むさぼ》り合い、抱き合ったまま眠った。

この身体は彼しか知らない。そして、きっとこれからも彼以外は知らない。彼以外は愛せない。

「……仕事はやめないんだろう?」

神城がすがりつくような口調で言った。

「おまえ以外は……俺のそばに置きたくない。おまえがいてくれないと、俺は……仕事をちゃんとできる自信がない」

筧はこくりと頷いた。

「仕事は……今までどおり……です」

かすれた声を絞り出す。

「ずっと……変わらないです」

「よかった」

神城の香りがすっと近づいてきた。ミントとラベンダーの混じった香りが近づいてきて、大きな手がまるで恐れるように、筧の髪を撫でた。

「……ごめんな。今まで」

そして、きしきしと微《かす》かに畳が軋むような音がして、神城の香りが消えていく。頑《かたく》なに筧が身を固くしていると、からりと玄関の開く音がして、そして閉じた。

「……先生……っ！」

筧はシーツを握りしめた。

「先生……先生……っ！」

筧は泣きじゃくる。もう誰はばかることなく、ただ泣き続ける。

こんなに……こんなに苦しいなら、もう二度と人を好きになったりしない。

もう二度と、誰のことも愛さない。

ACT 10.

聖生会《せいせいかい》中央病院の職員寮は、病院の隣の敷地《しきち》内に建っている。正門を通らなくても出入りできるようになってはいるが、別の敷地だ。もともと二棟建っていたもののうち、大きい方の一棟を女性専用とし、もう一棟を男性用とした。

「筧《かけい》くんたちの方が新しいのよ」

手袋をして、オートクレーブから滅菌物を取り出しながら、南《みなみ》が不満そうに言った。

「でも、女子寮の方が部屋が広いって、聞きましたけど」

筧は、使い終わって流しに放り込んであった器材を洗っていた。センターは処置が多いので、一日に使う鑷子《せっし》などの器材の量はかなりになる。それを一度洗剤で洗い、超音波洗浄にかけてから、滅菌パックに入れて、オートクレーブやガス滅菌で滅菌する。器材は手術室に付属している中央材料室で滅菌してもらうのが普通なのだが、センターにはオートクレーブも設置してある。センターから中材は距離があるので、いちいち器材を取りに行くのが大変だからだ。よく使うものは、センター内で滅菌することになっている。

るから、狭い狭い」

「男子寮の部屋は六畳くらいしかないですよ。そこにミニキッチンとシャワーがついてい

「あ、それは狭いかも」

南があははと笑った。

「女子寮は八畳くらいあるもんね」

「でしょ？　俺、服とかだいぶ実家に運びました」

筧が寮に入ったことは、センターのスタッフみんなが知っていた。もともと筧の実家の犬を預かってもらうための、神城《かみしろ》との同居だったのだ。犬たちを実家に戻し、筧は神城との同居を解消した。

「でも、安く上がるんで助かります。通勤も楽になったし」

筧は洗い物を続けながら言う。

「飯も結構うまいし。俺、昼飯以外は自炊してないです」

「あのミニキッチンじゃ、自炊する気にならないよね」

風見《かざみ》が笑いながら言った。

「私、香織《かおり》の部屋に遊びに行って、びっくりしたもん。お湯沸かすくらいしかできないんじゃない？」

「あら、そうでもないのよ。コンロは一口だけど、ちゃんとガスだから、いくつも一度に

料理しようとさえ思わなければ、ちゃんとできるのよ」

ワゴンの上に滅菌物を山盛りにして、南は藤原《ふじわら》を呼んだ。

「百合《ゆり》ちゃん、これ片付けて」

「はいっ」

藤原が元気よく返事をして、小走りに近づいてきた。筧が神城との同居を解消して以来、藤原は張り切っている。仕事はまだ心許《こころもと》ないが、やる気だけは復活したようだ。

「向こうの戸棚でいいんですよねっ」

「そう。鑷子立て、倒さないように気をつけてね」

「はいっ、わかってますっ」

筧は洗い物を終え、ゴム手袋を外した。ふうっとため息をついて、振り返る。

「あ……」

今日の初療室の担当は、神城と井端《いばた》だった。ちょうど患者が切れて、神城は壁に寄りかかるように立ち、退屈そうに窓の外を眺めていた。外はよく晴れていて、仕事をしているのがもったいないような陽気だ。

「今日はヘリが飛びやすそうな日ですね」

井端が言った。神城が笑って答える。

「飛びやすそうか。そうだな、雨の心配をしなくていいから、安心して飛べるな」

「ヘリって、酔いますか？　私、乗り物あんまり強くないんですけど……」

「まぁ、高いところが苦手だときついかもな」

神城はからりと笑う。

「慣れだな、結局。俺は大学時代にスカイダイビングやってたくらい、高いところも乗り物も平気だから、何とも言えんが、最初は酔ったたって言うのもいるし、緊張感が取れてきた頃に酔ったたって言うのもいる。移動時間はそう長くないから、後は気合かな」

「気合とはまた……前時代的なこと言うわねぇ」

話に入ってきたのは、田島《たじま》だった。スクラブの上に着た長白衣のポケットに両手を突っ込んだラフな姿だ。

「でもまぁ、あなたは筋肉脳っぽいところがあるから、仕方ないか」

「何だよ。筋肉脳ってのは」

神城がぼそっと言う。田島がちらりと色っぽい笑みを見せて言った。

「だって、大学時代に運動部いくつ掛け持ちしてたのよ。しかも、体育会系もあったし」

「え、そうなんですか？」

井端が興味津々の顔をした。田島が現れてから、神城の過去がいろいろと明かされている。筧は興味なさそうな風情で、処置台のカバー交換を始めた。患者が入らないうちにやっておかなければならないことだ。病院の方では、合皮やビニールのカバーを使っている科もあるが、センターは篠川《ささがわ》と叶《かなえ》の方針で、綿のカバーを使っている。交換によって清潔が保ちやすいことと、患者の肌に冷たくないからだ。

「そうよ。体育会がバスケだっけ?」

「まぁな。あとは同好会がテニスとワンゲルとスカイダイビング、ボルダリング……」

「すごい……」

井端がびっくりしている。

「だから、先生、身体《からだ》が大きいんだ」

「そ、筋肉ムキムキ系」

「馬鹿《ばか》言ってんじゃねぇ」

「わ、田島先生、神城先生の筋肉、見たことあるんだ」

南が話に飛び込んできた。田島はタメ口を利いても怒らないさっぱりとした性格だ。にっと意味深に笑った。

「あるよぉ。この先生、今は知らないけど、大学にいた頃は手術後なんかで汗びっしょりになると、すぐ脱ぐ癖があってねぇ……」

筧はカバーをかけ替えると洗濯に出すカバーを両手に抱えて、洗濯物を入れておく大きなカートの方に歩いていく。これが終わったら、点滴室のカバーも替えておきたい。

前なら、神城の話は何でも聞いていたかった。彼の声が聞こえるところにいつもいたかった。でも、今は違う。できることなら、彼の声の聞こえないところに行きたかった。

彼の姿が見えず、彼の声の聞こえないところに行きたかった。

「南さん、俺、点滴室に……」

筧が言いかけた時、神城がすっとおしゃべりをやめ、寄りかかっていた壁から身体を起こした。ポケットに手を突っ込み、ＰＨＳを取り出す。

「はい、神城」

黄色いテープが貼《は》られたドクターヘリ呼び出し用のＰＨＳだ。

「……ああ、わかった。エンジンかけてくれ。すぐ行く」

高杉《たかすぎ》からの呼び出しだ。

「筧は呼ばなくていいぞ。俺が連れていく」

神城のよく響く声。筧は縫い止められたように足を止めていた。

「筧」

感情のこもらない平坦《へいたん》な声。

「はい」

筧はすっと振り返る。視線は合わない。筧は神城の顔を見ず、神城も筧の顔を見ない。

「行くぞ」

「はい」

走り出すのは同時だった。

それでも、肩を並べて走る。心はすれ違って、重なることをお互いに拒んでいるのに、こんなにも行動は重なる。お互いの呼吸の調子までわかる。次に何を考え、何をし、どこに向かうのかがわかる。

無言のまま、管制室に駆け込み、隣のロッカー室に走る。

「筧……」

「必要ありません」

口を開きかけた神城を、筧はすっと遮った。ロッカーからフライトスーツを取り出す。素早く足を突っ込み、両手を入れて、ぐいとスーツを着る。ファスナーを上げて、筧は隣のロッカーを開けて、救急バッグを取り出した。

「俺は、先生の行くところならどこにでもついていきます。先生は先を走ってください。俺はついていきます」

「……わかった」

神城は唇を引き結んで、頷《うなず》いた。そして、その後は一言も話さずに高杉のもとに行き、メモを受け取って、ヘリに向かった。

「真島《ましま》、行くぞ」

ヘリに乗り込み、神城はパイロットに声をかける。

「はい、先生」

筧もヘリに乗り込んだ。神城がすっと自然に手を出して、救急バッグを受け取り、機内に固定してくれる。

「離陸します」

ヘリが舞い上がった。強烈なダウンウォッシュ。砂埃《すなぼこり》を叩《たた》きつけて、ヘリが上昇していく。青い空と白い雲に向かって、ヘリが飛ぶ。

遠く遠く離れてしまった二つの心を乗せて。

あとがき

こんにちは、春原《すのはら》いずみです。

「恋する救命救急医」も8巻目となりました。そして、神城《かみしろ》×筧《かけい》は3巻目、何とも心配なところでの to be continued……。そりゃないよー！　って、皆さまの悲鳴が聞こえるようです。誠に、申し訳ありません。これは時間が足りなかったわけでも、目論見が外れたわけでもなく、初めからの予定通り。ふふふ。

もともと、筧くんはとってもモラリストで、ごく普通の男の子で、神城先生と恋愛関係になってからも、どこかで不安を抱え続けています。それが形として表れてしまったのが、今回の事件……かもしれません。私にしては珍しく、2冊にかかるお話になってしまいました。次巻は予定通りにいけば（きっといくはず！）8月に出ますので、やきもきしつつ待っていていただけると嬉しいです。大丈夫。次巻ではきっと……幸せになれるはず……。だといいな……ふふふ……待っててくださいね。

今回のヒールとなってしまった田島理香子《たじまりかこ》ですが、たぶん皆さまのご想像通り、イメージモデルは「私、失敗しないので」の人です（笑）。結構、舞台とかミュージカルとかは見ている私ですが、Y倉涼子さまとは縁がなく、まだリアルは拝見しておりません。涼子さまがブロードウェイで主演なさる「CHICAGO」の凱旋公演もあるようなので、ご縁がありましたら、ぜひリアル理香子を見てみたいものでございます。

さて、近況です。前巻で足首の靱帯を損傷した私ですが（職場の階段から転落しました）、その傷も癒えないまま、歌舞伎座の一幕見席で2時間立ち見という暴挙を犯しました。それ以前に足を引きずったまま小田和正2Days参戦もしていたのですが、あれは座ることも出来たので、まだ大丈夫だったんです。しかし、歌舞伎座の外で2時間並んでチケットをゲットし、その後2時間の立ち見はきつかったようで、観劇が終わった後、ホテルに戻って見た足は、見たこともない形と色になっていました（笑）。人の足があんな色になるなんて……。青と黒と赤の混じった色……。まぁ、一晩足を高くして寝たら、ありがたいことに元に戻りましたが。

けがから5ヵ月くらい経ちましたが、今でも正座やあぐら（ヨガをやっているので）では、足首が突っ張る感じがするし、片足立ちではやはりぐらつきます。大変におこがましいのですが、フィギュアスケート選手の羽生結弦《はにゅうゆづる》くんの「足首がゆるい感じ」がすごく実感出来ます。「わかるわかるっ」って感じです。羽生くんはまだまだ若いし、きちんとリハビリをなさっていると思うので、元に戻ると思いますが、春原ババァだし（笑）リハも結局仕事がリハビリみたいな感じになっちゃったので、後遺症が残るんじゃないかな。痛みはないですけど、この違和感は続く気がします。まぁ、スポーツするわけじゃないし、不自由はないです。これを書いている今、シーズンまっただ中の雪かきもちゃんと出来ていますしね（笑）。

まぁ、そんなわけで靱帯損傷の後遺症は残りつつ、元気にやっていますが、実は私は低血糖にとても弱く、お腹が空くとすぐに気分が悪くなってしまいます。しかし、昼稼業を持っている以上、お腹が空いたからといってすぐに食事を摂れる環境にないため、常に甘いものを持っています。それがチョコレート。飴でもいいんですけど、患者さんと対応する時にずっと口に入れているわけにいかないので、すぐに血糖値を上げられるチョコレートを小さな密閉容器に入れて持ち歩いています。そんな私が、2019年1月、ついにチョコのコミケこと「サロン・デュ・ショコラ」にデビューしてしまいました！　いやぁ、楽しかった！　だって、チョコしか売っていないのよ！　コミケ並みの人混みの中、どのショーケースにもチョコしか並んでないのよ！　サインや写真にも応じてくださる有名ショコラティエさまはみなイケメン、もしくはイケオジばかりだし（Twitter に何枚か写真も上げました。見てくださった方もいらっしゃるかと思います）。正直、諭吉が何人か必要な世界ですが（その辺もコミケっぽいw）、その価値は充分でした！　絶対また行くぞー！　楽しみが増えました!!

ページも少なくなってきましたので、話を本に戻しましょう。(今のところ)順調に刊行されており、しかもキャラがどんどん増えるこのシリーズのイラストは、とてもとても大変だと思います。何せ、メインキャラだけで間違いなく3カップル6人いるのですから。イラストの緒田涼歌《おだりょうか》先生、いつもご苦労をおかけして申し訳ありません。これからもお見捨てなく、よろしくお願いいたします。イベントでお目にかかるたびに、謝りまくる春原です。いつも優しくしてくださってありがとうございます。

我が大切なパートナー、担当Kたん。いろいろお互い無理せずにやっていきましょう。君がいなければ、このシリーズはありません。ありがとう。

そしてI編集長さま、今回もいろいろお世話になりました。ありがとうございました。

そして、最後になりましたが、いつも応援してくださる皆さまに、今回も両手いっぱいの感謝を。また予定通りお目にかかれますよう、頑張ります。

次回のご予約は夏になりますね。お忘れなく診療日にお越しください。

SEE YOU NEXT TIME!

次々に届くチョコレートに狂喜乱舞しつつ　春原　いずみ

『恋する救命救急医　キングの失態』、いかがでしたか？
春原《すのはら》いずみ先生、イラストの緒田涼歌《おだりょうか》先生への、みなさまのお便りをお待ちしております。
春原いずみ先生のファンレターのあて先
〒112-8001　東京都文京区音羽2-12-21　講談社　文芸第三出版部「春原いずみ先生」係
緒田涼歌先生のファンレターのあて先
〒112-8001　東京都文京区音羽2-12-21　講談社　文芸第三出版部「緒田涼歌先生」係

N.D.C.913　248p　15cm

春原いずみ（すのはら・いずみ）
新潟県出身・在住。６月７日生まれ双子座。
世にも珍しいザッパなＡ型。
作家は夜稼業。昼稼業は某開業医での医療職。
趣味は舞台鑑賞と手芸。
Twitter：isunohara
ウェブサイト：http://sunohara.aikotoba.jp/

講談社X文庫

white heart

恋《こい》する救命救急医《きゅうめいきゅうきゅうい》　キングの失態《しったい》

春原《すのはら》いずみ

●

2019年４月25日　第１刷発行

定価はカバーに表示してあります。

発行者——渡瀬昌彦
発行所——株式会社　講談社
東京都文京区音羽2-12-21　〒112-8001
電話　編集　03-5395-3507
販売　03-5395-5817
業務　03-5395-3615

本文印刷－豊国印刷株式会社
製本——株式会社国宝社
カバー印刷－半七写真印刷工業株式会社
本文データ制作－講談社デジタル製作
デザイン－山口　馨

ISBN978-4-06-515226-3

大人気シリーズ続々刊行♥
救命救急センターを舞台に繰り広げられるドクターたちの恋！
春原いずみ
イラスト／緒田涼歌

大好評
発売中！
恋する救命救急医 ～今宵、あなたと隠れ家で～
あなたのベッドであたためて 恋する救命救急医
恋する救命救急医 アンビバレンツなふたり
恋する救命救急医 イノセンスな熱情を君に
恋する救命救急医 永遠にラヴィン・ユー
恋する救命救急医 キングの憂鬱
恋する救命救急医 キングの企み
講談社X文庫ホワイトハート

ホワイトハート最新刊

恋する救命救急医
キングの失態
春原いずみ　絵／緒田涼歌

先生は……俺だけのものじゃないんだ。わけあって、恋人でドクターヘリのエース・神城尊の自宅で、親公認の同居を始めた筧深春。物理的な距離は縮まったものの、なぜかふたりにはすれ違いの危機が!?

龍&Dr.外伝
獅子の初恋、館長の受難
樹生かなめ　絵／神葉理世

館長、キスで俺に永遠の忠誠を誓え――。明智松美術館の館長・緒形寿明は、ある日、自分の唇と大切な絵画を何者かに奪われてしまう。それは九龍の大盗賊、名門・宋一族の頂点に立つ獅童という男で……。

ホワイトハート来月の予定（6月5日頃発売）

龍&Dr.外伝 獅子の誘惑、館長の決心 ・・・・・・・ 樹生かなめ
公爵様は料理人を溺愛する ・・・・・・・・・・・・・・・・・・・・・・ 火崎 勇

※予定の作家、書名は変更になる場合があります。